MARCAS

MAÎTRE FRANC-MAÇON

LE RITUEL DE L'OMBRE

VOLUME 1/2

À Guy, pour croire en Marcas et pour ses calembours hâtifs.
À Sophie, pour avoir repéré Antoine la première.
À Grégoire de... Tours, pour sa patience et ses conseils judicieux.
Éric Giacometti

Je voudrais remercier Stefano Gaudiano pour m'avoir présenté mon agent Camilla Patruno et avoir ainsi rendu possible ce projet.
Merci à Camilla pour sa ténacité et son professionnalisme.
Cet album est dédié à Stefano Biglia, à mon meilleur ami Elvis... et à Valentina (parce qu'une promesse est une promesse).
Et surtout, à tous ceux qui ont cru en moi !
Gabriele Parma

Berlin, 18 avril 1945.
PAW
PAK
PACK
CKRAK
PAC PAC
PAW
TACTACTAC
J'ai deux amours, mon pays et Paris, par eux toujours, mon cœur est ravi.
BOUM
POW
SBBRANG
Ma savane est belle mais à quoi bon le nier... c'est...
POW
CKRAKK
RATTATTA TAC
... C'est la fin. Putain, je te voyais pas finir comme ça, mon cher Obersturmführer. Il est l'heure d'aller saluer le gros Bormann.
Ce qui m'ensorcelle, c'est Paris tout entier. Le voir un jour, c'est mon rêve joli... !
Heil Hitler!
Les Russes sont perdus. L'armée de Steiner arrive, il me l'a promis pour mon anniversaire.
Il faudra prévoir une grande fête quand Berlin sera reconquis par notre armée. Que Goebbels nous prépare quelque chose de magnifique.

MESSIEURS, JE VOUS PRÉSENTE FRANÇOIS LE GUERMAND, DIPLÔMÉ D'ANTHROPOLOGIE DE L'UNIVERSITÉ DE PARIS.
OBERSTURMFÜHRER DE LA SEULE DIVISION FRANÇAISE WAFFEN-SS CHARLEMAGNE ET MEMBRE DE NOTRE ORDRE DEPUIS UN AN. CROIX DE FER GAGNÉE EN POMÉRANIE.
BERLIN VA TOMBER D'ICI QUELQUES JOURS. LE FÜHRER A CHOISI DE RESTER JUSQU'AU BOUT. THULÉ NE CAUTIONNE PAS SON COMPORTEMENT SUICIDAIRE POUR LA RACE ET MET TOUT EN ŒUVRE POUR ORGANISER LA CONTINUITÉ DE L'ORDRE APRÈS LA VICTOIRE DES ALLIÉS. VOUS AVEZ LE PRIVILÈGE D'ASSURER LA MISE EN SÉCURITÉ DE DOCUMENTS PRÉCIEUX POUR LA SURVIE DU REICH.
D'AUTRES CONVOIS SONT DÉJÀ PARTIS DEPUIS TROIS JOURS VERS L'OUEST ET LE SUD. VOUS DEVEZ EXFILTRER UN CAMION EN DIRECTION DE LUCKENWALDE, À UNE HEURE D'ICI. UN COMMANDO DE THULÉ VOUS ATTEND LÀ-BAS POUR CACHER TRENTE CAISSES EN LIEU SÛR. APRÈS QUOI, ON VOUS FOURNIRA DES VÊTEMENTS CIVILS ET DE NOUVELLES IDENTITÉS POUR PASSER EN SUISSE. DES QUESTIONS ?
LE FÜHRER EST-IL AU COURANT ? POURQUOI NE PART-IL PAS ?
C'EST UN VIEILLARD SÉNILE DEPUIS L'ATTENTAT RATÉ DE 1944. THULÉ A CHOISI D'AUTRES OPTIONS. N'OUBLIEZ PAS QUI NOUS SOMMES.
NOS PRÉDÉCESSEURS ONT FABRIQUÉ CET HOMME POUR QU'IL ASSURE LA MISSION.
"IL A ÉCHOUÉ, VOILÀ TOUT. L'HEREDOM DOIT LUI SURVIVRE."
Verräter
IL FAUDRA PRENDRE JUSQU'À KIRCHEN ET ENSUITE OBLIQUER SUR LA GAUCHE. NORMALEMENT, LES BATAILLONS DU GÉNÉRAL SCHÖRNER TIENNENT ENCORE LES POSITIONS. ENSUITE, C'EST TOUT DROIT SUR DIX KILOMÈTRES.
MON LIEUTENANT, QU'EST-CE QU'IL Y A DANS CES CAISSES ? DE L'ARGENT ? ON DIT QUE BORMANN FAIT TRANSFÉRER L'OR DE LA BANQUE DU REICH VERS LA SUISSE.
JE N'EN SAIS RIEN... MAIS QUOI QU'IL Y AIT, ÇA JUSTIFIE QU'ON RISQUE NOTRE PEAU.
C'EST PAS ENCORE LA FIN...

ON ARRIVE DANS LES BOIS DE KIRCHEN. ENCORE TROIS KILOMÈTRES ET NOUS SERONS ARRIVÉS. LA PANZERARMEE TIENT LE SECTEUR, ON EST PROTÉGÉS.
MERDE, ACCÉLÈRE ! LES ROUGES. ILS NE DEVRAIENT PAS ÊTRE LÀ ! FONCE DANS LES BOIS.
RATATATTA
SKROOOM
PAW
PAW
ALLEZ VOUS FAIRE FOUTRE, LES COCOS. DE LA PART DE LA DIVISION CHARLEMAGNE !!

JÉRUSALEM,
DE NOS JOURS.
"LE DÉCRYPTAGE DE CETTE PIERRE DE THEBBAH APPORTERA UNE LUMIÈRE PRÉCIEUSE QUI DISSIPERA LES TÉNÈBRES DE L'IGNORANCE..."
JE VOUS AI PRÉSENTÉ LA DÉCOUVERTE DE LA PIERRE. LA PROCHAINE FOIS, J'ESPÈRE VOUS EN RÉVÉLER LE CONTENU.
J'AI DIT.

JE TE REMERCIE, MON FRÈRE, DE LA QUALITÉ DE TA PLANCHE ET DES PERSPECTIVES QU'ELLE ENTROUVRE.
NUL DOUTE QUE DE NOMBREUSES QUESTIONS T'ATTENDENT.
LA PAROLE CIRCULE.
M∴
JE REGRETTE QUE TU NE PUISSES PAS TE JOINDRE À NOUS POUR CES AGAPES. LE CHEF DE LA COLOMBE D'OR NOUS A PRÉPARÉ UN AGNEAU QUASI DIVIN...
JE SUIS FATIGUÉ. LE CHAUFFEUR DU MINISTÈRE DE LA CULTURE VA ME RAMENER CHEZ MOI. ANTOINE ICI PRÉSENT VA ME TENIR COMPAGNIE.
ALORS JE SUIS TRANQUILLE, NOTRE FRÈRE COMMISSAIRE SAURA VEILLER SUR TOI. MERCI POUR TA PREMIÈRE QUESTION, ANTOINE, CELA A PERMIS AUX AUTRES DE SE LANCER.
C'EST UN GRAND HONNEUR D'AVOIR PARTICIPÉ AVEC NOS FRÈRES FRANÇAIS À CETTE TENUE DE LA LOGE SAINT-JEAN. DANS LA CARRIÈRE DU TEMPLE DE SALOMON, QUI PLUS EST. C'ÉTAIT UNE EXPÉRIENCE INOUBLIABLE.
TU AS L'AIR FATIGUÉ. DES ENNUIS DE SANTÉ ?
J'AI PEUR, ANTOINE.

TOI ? L'EX-COLONEL PARA DE LA GUERRE DES SIX JOURS ? LE HÉROS ARCHÉOLOGUE QUI A SURVÉCU DEUX MOIS DANS LES GEÔLES DE NASSER ?
LA PEUR... CELA NE M'ÉTAIT PAS ARRIVÉ DEPUIS DACHAU. LA PIERRE DE THEBBAH EST MALÉFIQUE.
CE N'EST PAS CE QUE TU AS DIT EN LOGE TOUT À L'HEURE.
IL EST DES SECRETS QUE MÊME LES INITIÉS NE DOIVENT PAS CONNAÎTRE. ON A VOULU ME VOLER LA PIERRE LE MOIS DERNIER À L'UNIVERSITÉ. LES BUREAUX ONT ÉTÉ FRACTURÉS. ET IL Y A UNE SEMAINE, J'AI FAILLI ÊTRE ENLEVÉ PAR DEUX HOMMES DANS LA VIEILLE VILLE. JE N'AI DÛ MON SALUT QU'À UN ÉPICIER ARABE ET SON COMMIS QUI SE SONT INTERPOSÉS.
C'EST POUR ÇA QUE LE MINISTÈRE A MIS À MA DISPOSITION CETTE VOITURE AVEC CHAUFFEUR.
MERCI, DAVID. VOUS POUVEZ PARTIR, JE N'AI PLUS BESOIN DE VOUS.
JE SERAI LÀ DEMAIN À 8 HEURES. BONNE NUIT, PROFESSEUR.
J'AI BESOIN DE TON AIDE. IL FAUT QUE JE TE MONTRE LE TEXTE DE LA PIERRE. UNE AMIE ÉRUDITE QUI VIT À AMSTERDAM TRAVAILLE DESSUS...
BLONG
?!

CRASH
"ON VOUS ENVOIE UNE VOITURE."
RUE DES ACACIAS, MAREK, UN CAMBRIOLEUR. VITE !
OÙ EST LA PIERRE ? TU SAIS, CELLE QUE TU AS VOLÉE EN PALESTINE. CELLE QUI APPARTIENT À MON PEUPLE.
ARGH !
BIEN REÇU, ON Y VA. MERDE, ET MOI QUI AI RENCARD AVEC ANNA DANS UNE DEMI-HEURE CHEZ SCHLOMO.
TU L'AS DIT. LE SERVICE ALLAIT JUSTE FINIR. BON, ON EST À CÔTÉ, JE VAIS PRENDRE LA RUE MOABON. METS LA SIRÈNE.
LA PIERRE, JUIF ! APRÈS L'ÉPAULE CE SERA LA NUQUE. ÇA NE TE RAPPELLE RIEN ? LE RITUEL EST PRÉCIS.
AU SECOURS, ANTOINE ! ... AHHHH...

TU CONNAIS LA SIGNIFICATION DES COUPS QUE JE TE PORTE, MAÇON. TU VAS MOURIR, CHIEN, SI TU NE M'OBÉIS PAS.
HIRAM... POURQUOI ?
NON !
FLACK
WOOOOOOOOOOOOOOOOOOOOOOOOOOOOO
LES SECOURS ARRIVENT. LE TYPE N'IRA PAS LOIN, ILS VONT L'AVOIR.
DERRIÈRE LE BOUCLIER. LE TEXTE... ÉLISABETH VAN BUREN... VA LA VOIR À AMSTERDAM. LES FRÈRES SONT TOUS EN DANGER.
DÉMARRE !
HIRAM... LA CHAIR QUITTE LES... OS. ILS SONT REVENUS POUR NOUS ANÉANTIR ! ILS NE DOIVENT PAS TROUVER LE VÉRITABLE SECRET. ANTOINE, SOIS...
MON FRÈRE !

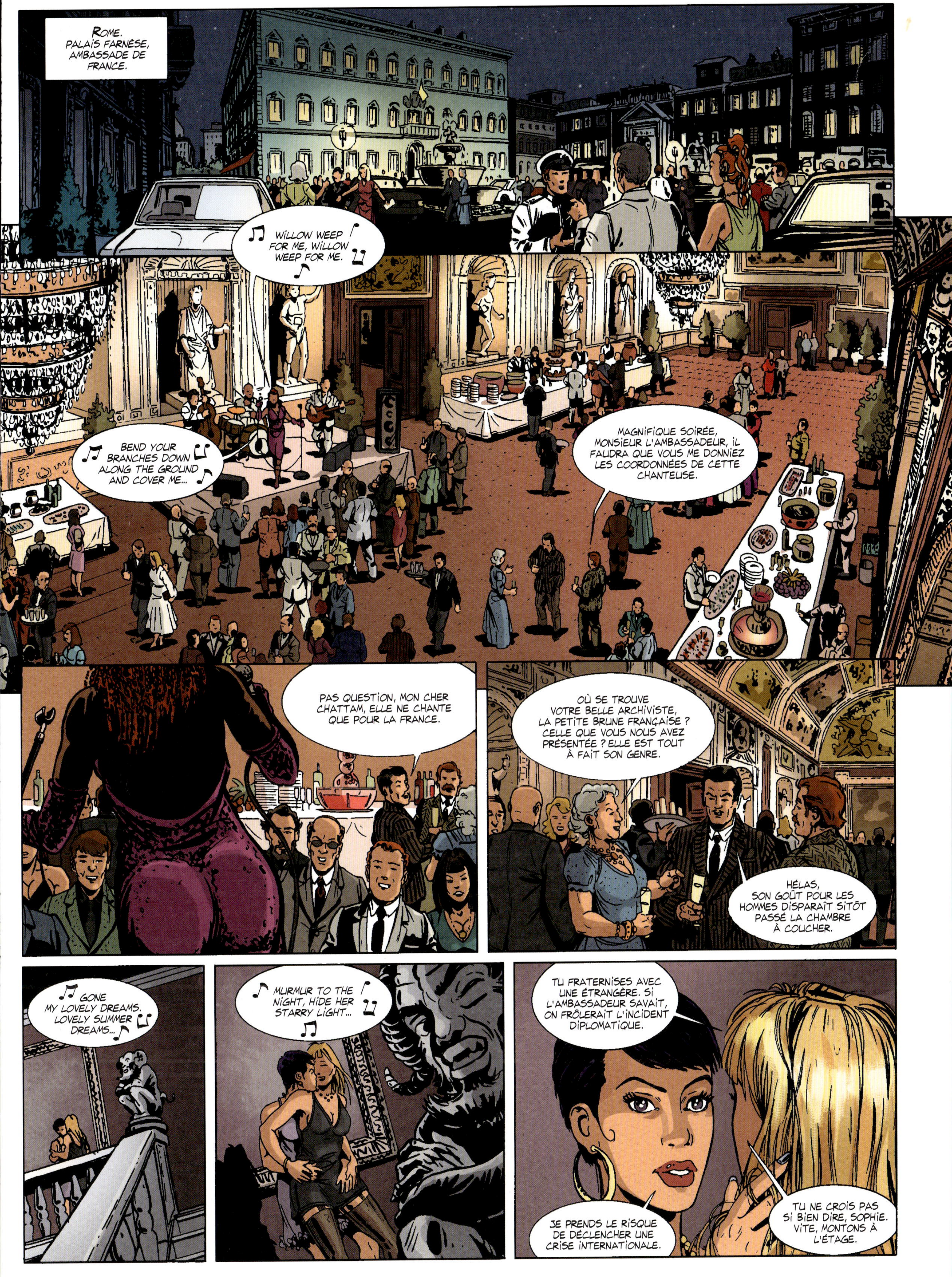
ROME.
PALAIS FARNÈSE, AMBASSADE DE FRANCE.
WILLOW WEEP FOR ME, WILLOW WEEP FOR ME.
BEND YOUR BRANCHES DOWN ALONG THE GROUND AND COVER ME...
MAGNIFIQUE SOIRÉE, MONSIEUR L'AMBASSADEUR, IL FAUDRA QUE VOUS ME DONNIEZ LES COORDONNÉES DE CETTE CHANTEUSE.
PAS QUESTION, MON CHER CHATTAM, ELLE NE CHANTE QUE POUR LA FRANCE.
OÙ SE TROUVE VOTRE BELLE ARCHIVISTE, LA PETITE BRUNE FRANÇAISE ? CELLE QUE VOUS NOUS AVEZ PRÉSENTÉE ? ELLE EST TOUT À FAIT SON GENRE.
HÉLAS, SON GOÛT POUR LES HOMMES DISPARAIT SITÔT PASSÉ LA CHAMBRE À COUCHER.
GONE MY LOVELY DREAMS. LOVELY SUMMER DREAMS...
MURMUR TO THE NIGHT, HIDE HER STARRY LIGHT...
TU FRATERNISES AVEC UNE ÉTRANGÈRE. SI L'AMBASSADEUR SAVAIT, ON FRÔLERAIT L'INCIDENT DIPLOMATIQUE.
JE PRENDS LE RISQUE DE DÉCLENCHER UNE CRISE INTERNATIONALE.
TU NE CROIS PAS SI BIEN DIRE, SOPHIE. VITE, MONTONS À L'ÉTAGE.

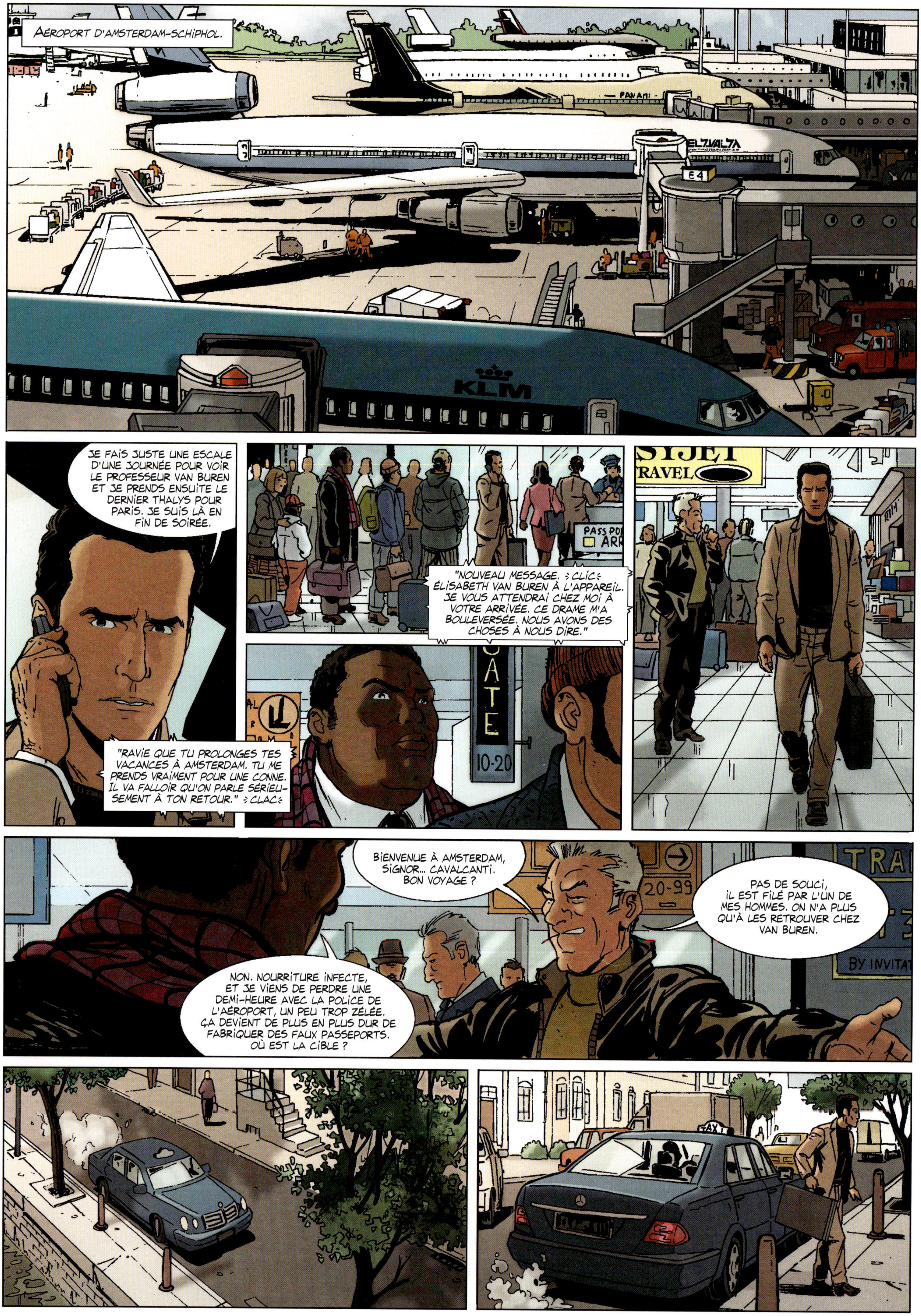
AÉROPORT D'AMSTERDAM-SCHIPHOL.
JE FAIS JUSTE UNE ESCALE D'UNE JOURNÉE POUR VOIR LE PROFESSEUR VAN BUREN ET JE PRENDS ENSUITE LE DERNIER THALYS POUR PARIS. JE SUIS LÀ EN FIN DE SOIRÉE.
"RAVIE QUE TU PROLONGES TES VACANCES À AMSTERDAM. TU ME PRENDS VRAIMENT POUR UNE CONNE. IL VA FALLOIR QU'ON PARLE SÉRIEUSEMENT À TON RETOUR." ≷CLAC≶
"NOUVEAU MESSAGE. ≷CLIC≶ ÉLISABETH VAN BUREN À L'APPAREIL. JE VOUS ATTENDRAI CHEZ MOI À VOTRE ARRIVÉE. CE DRAME M'A BOULEVERSÉE. NOUS AVONS DES CHOSES À NOUS DIRE."
BIENVENUE À AMSTERDAM, SIGNOR... CAVALCANTI. BON VOYAGE ?
NON. NOURRITURE INFECTE, ET JE VIENS DE PERDRE UNE DEMI-HEURE AVEC LA POLICE DE L'AÉROPORT, UN PEU TROP ZÉLÉE. ÇA DEVIENT DE PLUS EN PLUS DUR DE FABRIQUER DES FAUX PASSEPORTS. OÙ EST LA CIBLE ?
PAS DE SOUCI, IL EST FILÉ PAR L'UN DE MES HOMMES. ON N'A PLUS QU'À LES RETROUVER CHEZ VAN BUREN.

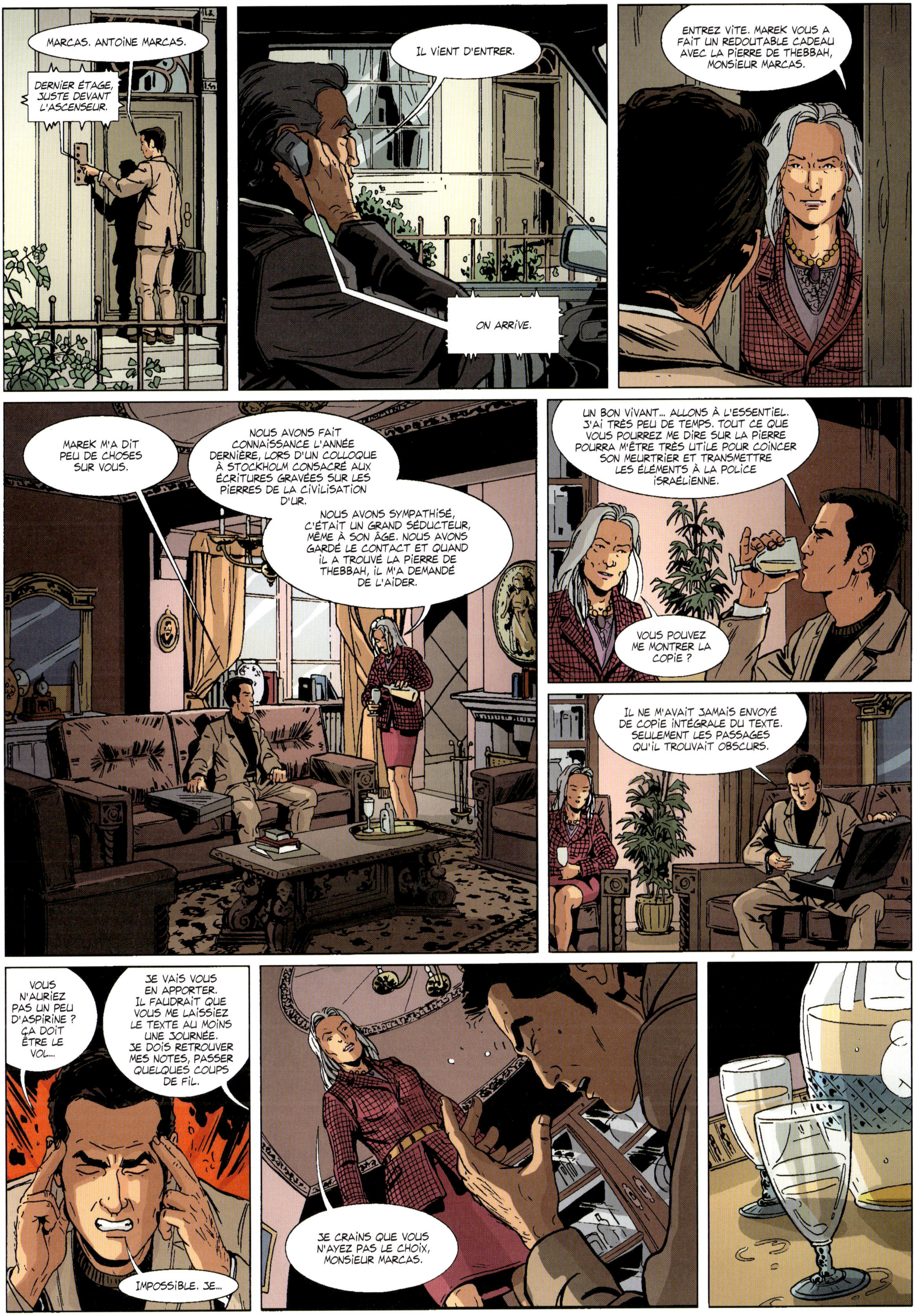
MARCAS. ANTOINE MARCAS.
DERNIER ÉTAGE, JUSTE DEVANT L'ASCENSEUR.
IL VIENT D'ENTRER.
ON ARRIVE.
ENTREZ VITE. MAREK VOUS A FAIT UN REDOUTABLE CADEAU AVEC LA PIERRE DE THEBBAH, MONSIEUR MARCAS.
MAREK M'A DIT PEU DE CHOSES SUR VOUS.
NOUS AVONS FAIT CONNAISSANCE L'ANNÉE DERNIÈRE, LORS D'UN COLLOQUE À STOCKHOLM CONSACRÉ AUX ÉCRITURES GRAVÉES SUR LES PIERRES DE LA CIVILISATION D'UR.
NOUS AVONS SYMPATHISÉ, C'ÉTAIT UN GRAND SÉDUCTEUR, MÊME À SON ÂGE. NOUS AVONS GARDÉ LE CONTACT ET QUAND IL A TROUVÉ LA PIERRE DE THEBBAH, IL M'A DEMANDÉ DE L'AIDER.
UN BON VIVANT... ALLONS À L'ESSENTIEL. J'AI TRÈS PEU DE TEMPS. TOUT CE QUE VOUS POURREZ ME DIRE SUR LA PIERRE POURRA M'ÊTRE TRÈS UTILE POUR COINCER SON MEURTRIER ET TRANSMETTRE LES ÉLÉMENTS À LA POLICE ISRAÉLIENNE.
VOUS POUVEZ ME MONTRER LA COPIE ?
IL NE M'AVAIT JAMAIS ENVOYÉ DE COPIE INTÉGRALE DU TEXTE. SEULEMENT LES PASSAGES QU'IL TROUVAIT OBSCURS.
VOUS N'AURIEZ PAS UN PEU D'ASPIRINE ? ÇA DOIT ÊTRE LE VOL...
JE VAIS VOUS EN APPORTER. IL FAUDRAIT QUE VOUS ME LAISSIEZ LE TEXTE AU MOINS UNE JOURNÉE. JE DOIS RETROUVER MES NOTES, PASSER QUELQUES COUPS DE FIL.
IMPOSSIBLE. JE...
JE CRAINS QUE VOUS N'AYEZ PAS LE CHOIX, MONSIEUR MARCAS.

QU'EST-CE QUE VOUS AVEZ MIS DANS MON VERRE ?!
UN SÉDATIF. VOUS N'EN AVEZ PAS BU BEAUCOUP, HÉLAS. IL VA FALLOIR VOUS ENDORMIR DÉFINITIVEMENT...
"... COMME LE VRAI PROFESSEUR VAN BUREN."
DANS QUELQUES MINUTES, DES AMIS VIENDRONT S'OCCUPER DE VOUS. QUANT AU VIEUX JUIF, J'ESPÈRE QU'IL A SOUFFERT. LES JUIFS SONT NÉS POUR SOUFFRIR, ILS ONT TOUJOURS AIMÉ ÇA. MERCI DE M'AVOIR APPORTÉ LA COPIE. ON M'A DIT QUE CE DOCUMENT AVAIT BEAUCOUP D'IMPORTANCE POUR NOTRE ORDRE...
AAARGH !
SALE PORC ! L'ORDEN VAINCRA !
KRAZZINNK

AAAAAHHH
IL Y A UN PROBLÈME. KARLA S'EST FAIT AVOIR.
ON EST LÀ DANS CINQ MINUTES. NE LE LAISSE PAS S'ÉCHAPPER. TU ENTENDS ? SOL SERA FURIEUX ! JE DOIS LE PRÉVENIR.
C'EST LA DERNIÈRE FOIS QUE JE BOSSE POUR VOTRE ORGANISATION. JE N'AIME PAS VOS MÉTHODES. JE ME DEMANDE ENCORE POURQUOI VOUS M'AVEZ ENVOYÉ ICI. VOS HOMMES SONT EN TERRAIN CONNU, ILS N'ONT PAS BESOIN DE MOI.
IL FAUT TOUJOURS FINIR LE TRAVAIL COMMENCÉ. SURTOUT QUAND IL A ÉTÉ MAL EXÉCUTÉ. C'EST BIEN LE CAS, MON CHER BÉCHIR. ON N'APPELLE PAS ÇA DU TRAVAIL D'ARABE ?
ÉPARGNEZ-MOI VOTRE RACISME DE MERDE. N'OUBLIEZ PAS QUE J'AI DES AMIS QUI PEUVENT VOUS CAUSER BEAUCOUP D'ENNUIS. J'EN SAIS BEAUCOUP SUR VOUS, SOL.
NOUS CONTINUERONS CET INTÉRESSANT ÉCHANGE PLUS TARD. DÉBARRASSEZ-VOUS DU CADAVRE DE LA VAN BUREN ET OCCUPEZ-VOUS DE CE MARCAS.

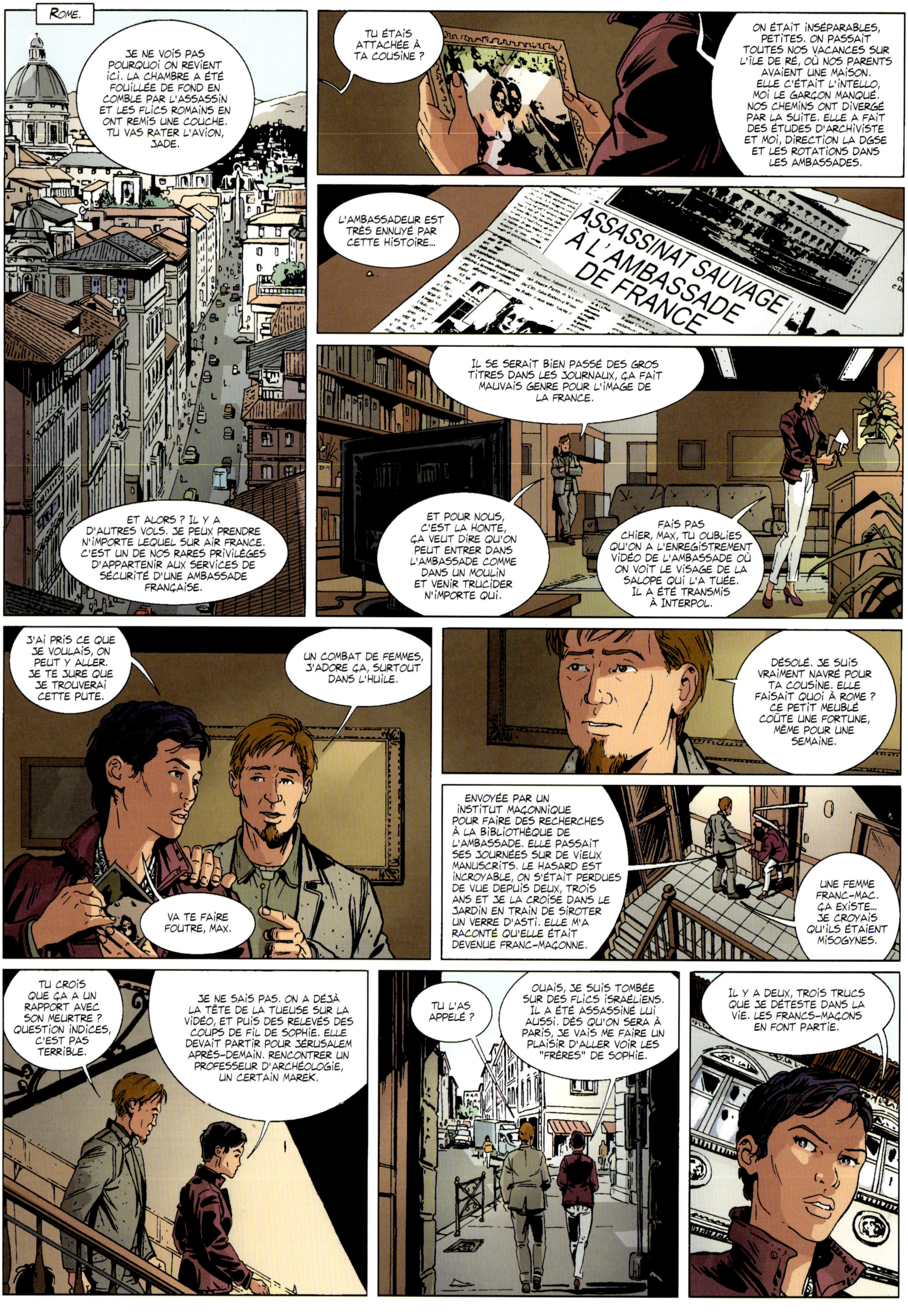
ROME.
JE NE VOIS PAS POURQUOI ON REVIENT ICI. LA CHAMBRE A ÉTÉ FOUILLÉE DE FOND EN COMBLE PAR L'ASSASSIN ET LES FLICS ROMAINS EN ONT REMIS UNE COUCHE. TU VAS RATER L'AVION, JADE.
ET ALORS ? IL Y A D'AUTRES VOLS. JE PEUX PRENDRE N'IMPORTE LEQUEL SUR AIR FRANCE. C'EST UN DE NOS RARES PRIVILÈGES D'APPARTENIR AUX SERVICES DE SÉCURITÉ D'UNE AMBASSADE FRANÇAISE.
TU ÉTAIS ATTACHÉE À TA COUSINE ?
ON ÉTAIT INSÉPARABLES, PETITES. ON PASSAIT TOUTES NOS VACANCES SUR L'ÎLE DE RÉ, OÙ NOS PARENTS AVAIENT UNE MAISON. ELLE C'ÉTAIT L'INTELLO, MOI LE GARÇON MANQUÉ. NOS CHEMINS ONT DIVERGÉ PAR LA SUITE. ELLE A FAIT DES ÉTUDES D'ARCHIVISTE ET MOI, DIRECTION LA DGSE ET LES ROTATIONS DANS LES AMBASSADES.
L'AMBASSADEUR EST TRÈS ENNUYÉ PAR CETTE HISTOIRE...
ASSASSINAT SAUVAGE À L'AMBASSADE DE FRANCE
IL SE SERAIT BIEN PASSÉ DES GROS TITRES DANS LES JOURNAUX, ÇA FAIT MAUVAIS GENRE POUR L'IMAGE DE LA FRANCE.
ET POUR NOUS, C'EST LA HONTE, ÇA VEUT DIRE QU'ON PEUT ENTRER DANS L'AMBASSADE COMME DANS UN MOULIN ET VENIR TRUCIDER N'IMPORTE QUI.
FAIS PAS CHIER, MAX, TU OUBLIES QU'ON A L'ENREGISTREMENT VIDÉO DE L'AMBASSADE OÙ ON VOIT LE VISAGE DE LA SALOPE QUI L'A TUÉE. IL A ÉTÉ TRANSMIS À INTERPOL.
J'AI PRIS CE QUE JE VOULAIS, ON PEUT Y ALLER. JE TE JURE QUE JE TROUVERAI CETTE PUTE.
UN COMBAT DE FEMMES, J'ADORE ÇA, SURTOUT DANS L'HUILE.
VA TE FAIRE FOUTRE, MAX.
DÉSOLÉ. JE SUIS VRAIMENT NAVRÉ POUR TA COUSINE. ELLE FAISAIT QUOI À ROME ? CE PETIT MEUBLÉ COÛTE UNE FORTUNE, MÊME POUR UNE SEMAINE.
ENVOYÉE PAR UN INSTITUT MAÇONNIQUE POUR FAIRE DES RECHERCHES À LA BIBLIOTHÈQUE DE L'AMBASSADE. ELLE PASSAIT SES JOURNÉES SUR DE VIEUX MANUSCRITS. LE HASARD EST INCROYABLE, ON S'ÉTAIT PERDUES DE VUE DEPUIS DEUX, TROIS ANS ET JE LA CROISE DANS LE JARDIN EN TRAIN DE SIROTER UN VERRE D'ASTI. ELLE M'A RACONTÉ QU'ELLE ÉTAIT DEVENUE FRANC-MAÇONNE.
UNE FEMME FRANC-MAC. ÇA EXISTE... JE CROYAIS QU'ILS ÉTAIENT MISOGYNES.
TU CROIS QUE ÇA A UN RAPPORT AVEC SON MEURTRE ? QUESTION INDICES, C'EST PAS TERRIBLE.
JE NE SAIS PAS. ON A DÉJÀ LA TÊTE DE LA TUEUSE SUR LA VIDÉO, ET PUIS DES RELEVÉS DES COUPS DE FIL DE SOPHIE. ELLE DEVAIT PARTIR POUR JÉRUSALEM APRÈS-DEMAIN. RENCONTRER UN PROFESSEUR D'ARCHÉOLOGIE, UN CERTAIN MAREK.
TU L'AS APPELÉ ?
OUAIS, JE SUIS TOMBÉE SUR DES FLICS ISRAÉLIENS. IL A ÉTÉ ASSASSINÉ LUI AUSSI. DÈS QU'ON SERA À PARIS, JE VAIS ME FAIRE UN PLAISIR D'ALLER VOIR LES "FRÈRES" DE SOPHIE.
IL Y A DEUX, TROIS TRUCS QUE JE DÉTESTE DANS LA VIE. LES FRANCS-MAÇONS EN FONT PARTIE.

BANDE DE CRÉTINS ! IL SE CASSE.
QU'EST-CE QU'IL FOUT LÀ, BON SANG ?! KARLA DEVAIT LE DROGUER.
JE VOIS QUE VOTRE ORGANISATION N'EST PAS PLUS EFFICACE QUE MOI. FONCEZ ! IL FAUT LE RATTRAPER. SINON VOTRE CHEF NOUS EXPÉDIERA TOUS EN ENFER.
XXX ROOMS DE WALLEN
DE WALLEN
PRÉVIENS TES POTES, QU'ILS LE COINCENT À L'AUTRE BOUT DU QUARTIER ROUGE.

SEXY SHOP
EROTISCHE
DÉSOLÉ !
!!
CETTE FOIS, JE VAIS TE DÉCOUPER, FILS DE CHIENNE.
100 EUROS TO PASS THROUGH TO THE OTHER SIDE.
GET IN.
MONEY AND NO SEX! A FRENCH GENTLEMAN... IT'S A PLEASURE, MISTER NICE GUY. BEHIND YOU, THE NEXT DOOR. THE WAY TO THE CANAL.
THANKS.
THIS SIDE.

OÙ TE CACHES-TU DANS CET ANTRE DE LUXURE, RACLURE DE FRANÇAIS ?
FIN DE LA PARTIE, MON AMI.
BLAM! BLAM!
ET MERDE, IL A ENCORE DISPARU. CE TYPE M'ÉNERVE. PIRE QU'UN JUIF.
WHERE IS HE, BITCH?
FUCK!

DÉGAGEZ !
GO AWAY!
BLAM!
BLAM!
OHHHHH !!!
UMPH !
JE N'AVAIS PLUS D'ARGENT POUR PAYER LA PRESTATION DE LA DAME.
LA CHASSE N'EST PAS FINIE, ANTOINE MARCAS. JE TE RETROUVERAI À PARIS. FILS DE PUTE !

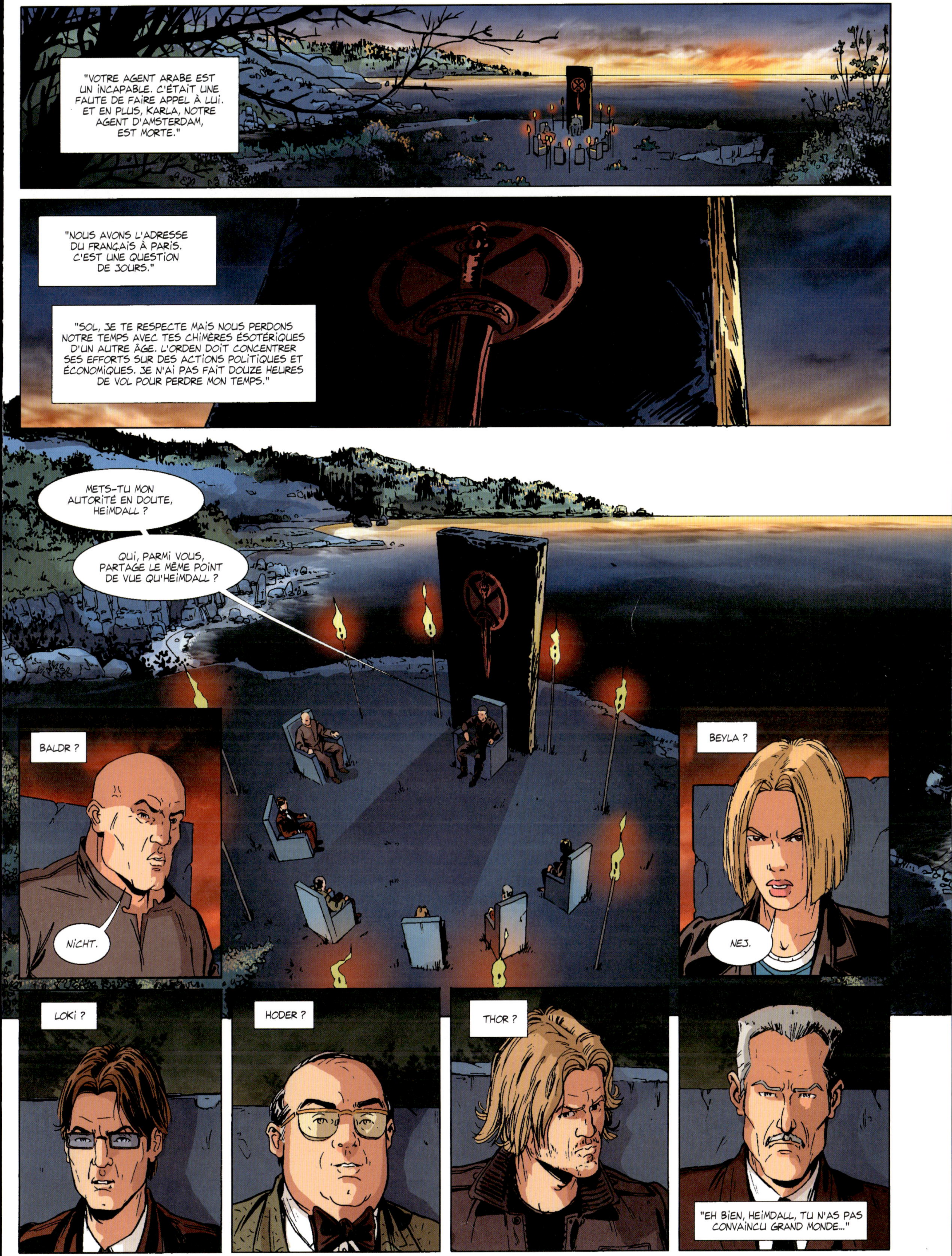
"VOTRE AGENT ARABE EST UN INCAPABLE. C'ÉTAIT UNE FAUTE DE FAIRE APPEL À LUI. ET EN PLUS, KARLA, NOTRE AGENT D'AMSTERDAM, EST MORTE."
"NOUS AVONS L'ADRESSE DU FRANÇAIS À PARIS. C'EST UNE QUESTION DE JOURS."
"SOL, JE TE RESPECTE MAIS NOUS PERDONS NOTRE TEMPS AVEC TES CHIMÈRES ÉSOTÉRIQUES D'UN AUTRE ÂGE. L'ORDEN DOIT CONCENTRER SES EFFORTS SUR DES ACTIONS POLITIQUES ET ÉCONOMIQUES. JE N'AI PAS FAIT DOUZE HEURES DE VOL POUR PERDRE MON TEMPS."
METS-TU MON AUTORITÉ EN DOUTE, HEIMDALL ?
QUI, PARMI VOUS, PARTAGE LE MÊME POINT DE VUE QU'HEIMDALL ?
BALDR ?
NICHT.
BEYLA ?
NEJ.
LOKI ?
HODER ?
THOR ?
"EH BIEN, HEIMDALL, TU N'AS PAS CONVAINCU GRAND MONDE..."

BIEN. PASSONS AU COMPTE RENDU DE VOS ACTIVITÉS. SOYEZ CONCIS.

"AUX ÉTATS-UNIS, DEPUIS L'ÉLECTION DU NOUVEAU PRÉSIDENT, LES ORGANISATIONS QUE NOUS FINANÇONS ONT CONNU UN REGAIN EXTRAORDINAIRE. 25 000 NOUVEAUX MEMBRES ONT ÉTÉ ADMIS SOIT DANS LES RANGS DU KLAN, SOIT DANS CEUX D'AUTRES GROUPES ARYENS. AUTRE FAIT POSITIF, NOS REPRÉSENTANTS INDIQUENT QUE LA CRISE DES SUBPRIMES FAVORISE LE RECRUTEMENT DE JEUNES COUPLES BLANCS ISSUS DES CLASSES MOYENNES."

Ελλάδα
"EN GRÈCE, NOTRE CANDIDAT DU PARTI DU CRÉPUSCULE DORÉ A BÉNÉFICIÉ DE L'AFFAIRE DES VERSEMENTS DE POTS-DE-VIN QUI ÉCLABOUSSE LE GOUVERNEMENT EN PLACE."
Χρυσή λυκόφως
"IL EST DEVENU LA DEUXIÈME FORCE POLITIQUE DU PAYS ET DOIT ENTRER DANS LE NOUVEAU CABINET DE COALITION AVEC DEUX AUTRES CAMARADES. IL HÉRITE DU MINISTÈRE DE L'INTÉRIEUR, OÙ NOUS COMPTONS DÉJÀ DE NOMBREUX SYMPATHISANTS."

"NOTRE DÉPARTEMENT SOCIOLOGIE EST FORMEL, L'IMMIGRATION INCONTRÔLÉE REVIENT COMME FACTEUR MAJEUR D'INQUIÉTUDE DANS LES PAYS EUROPÉENS. L'OPÉRATION BURQA EST UN SUCCÈS TOTAL. JE RAPPELLE QUE NOUS AVONS FINANCÉ À HAUTEUR DE CINQ MILLIONS D'EUROS PLUSIEURS ORGANISATIONS EXTRÉMISTES ISLAMIQUES EUROPÉENNES POUR FAVORISER LE PORT DE LA BURQA. LES RÉSULTATS SONT INESPÉRÉS : LES MÉDIAS DE NOMBREUX PAYS EUROPÉENS SE SONT EMPARÉS DE L'AFFAIRE ET ONT FAVORISÉ UN VASTE MOUVEMENT DE RÉPROBATION QUI ENGLOBE LES COMMUNAUTÉS MUSULMANES."

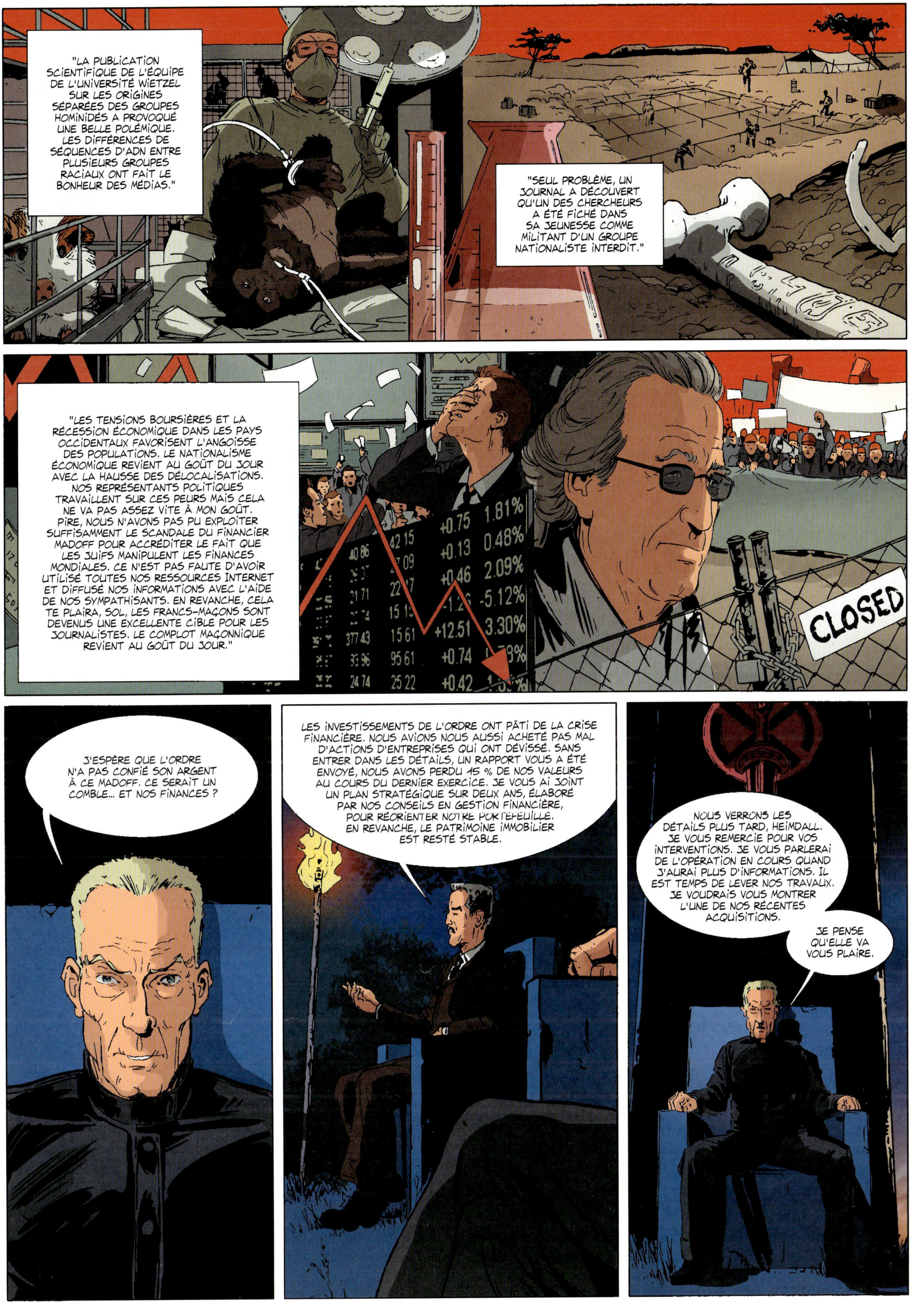
"LA PUBLICATION SCIENTIFIQUE DE L'ÉQUIPE DE L'UNIVERSITÉ WIETZEL SUR LES ORIGINES SÉPARÉES DES GROUPES HOMINIDÉS A PROVOQUÉ UNE BELLE POLÉMIQUE. LES DIFFÉRENCES DE SÉQUENCES D'ADN ENTRE PLUSIEURS GROUPES RACIAUX ONT FAIT LE BONHEUR DES MÉDIAS."
"SEUL PROBLÈME, UN JOURNAL A DÉCOUVERT QU'UN DES CHERCHEURS A ÉTÉ FICHÉ DANS SA JEUNESSE COMME MILITANT D'UN GROUPE NATIONALISTE INTERDIT."
"LES TENSIONS BOURSIÈRES ET LA RÉCESSION ÉCONOMIQUE DANS LES PAYS OCCIDENTAUX FAVORISENT L'ANGOISSE DES POPULATIONS. LE NATIONALISME ÉCONOMIQUE REVIENT AU GOÛT DU JOUR AVEC LA HAUSSE DES DÉLOCALISATIONS. NOS REPRÉSENTANTS POLITIQUES TRAVAILLENT SUR CES PEURS MAIS CELA NE VA PAS ASSEZ VITE À MON GOÛT. PIRE, NOUS N'AVONS PAS PU EXPLOITER SUFFISAMMENT LE SCANDALE DU FINANCIER MADOFF POUR ACCRÉDITER LE FAIT QUE LES JUIFS MANIPULENT LES FINANCES MONDIALES. CE N'EST PAS FAUTE D'AVOIR UTILISÉ TOUTES NOS RESSOURCES INTERNET ET DIFFUSÉ NOS INFORMATIONS AVEC L'AIDE DE NOS SYMPATHISANTS. EN REVANCHE, CELA TE PLAIRA, SOL, LES FRANCS-MAÇONS SONT DEVENUS UNE EXCELLENTE CIBLE POUR LES JOURNALISTES. LE COMPLOT MAÇONNIQUE REVIENT AU GOÛT DU JOUR."
+0.75 1.81%
+0.13 0.48%
+0.46 2.09%
-5.12%
+12.51 3.30%
+0.74
+0.42
CLOSED
J'ESPÈRE QUE L'ORDRE N'A PAS CONFIÉ SON ARGENT À CE MADOFF. CE SERAIT UN COMBLE... ET NOS FINANCES ?
LES INVESTISSEMENTS DE L'ORDRE ONT PÂTI DE LA CRISE FINANCIÈRE. NOUS AVIONS NOUS AUSSI ACHETÉ PAS MAL D'ACTIONS D'ENTREPRISES QUI ONT DÉVISSÉ. SANS ENTRER DANS LES DÉTAILS, UN RAPPORT VOUS A ÉTÉ ENVOYÉ, NOUS AVONS PERDU 15 % DE NOS VALEURS AU COURS DU DERNIER EXERCICE. JE VOUS AI JOINT UN PLAN STRATÉGIQUE SUR DEUX ANS, ÉLABORÉ PAR NOS CONSEILS EN GESTION FINANCIÈRE, POUR RÉORIENTER NOTRE PORTEFEUILLE. EN REVANCHE, LE PATRIMOINE IMMOBILIER EST RESTÉ STABLE.
NOUS VERRONS LES DÉTAILS PLUS TARD, HEIMDALL. JE VOUS REMERCIE POUR VOS INTERVENTIONS. JE VOUS PARLERAI DE L'OPÉRATION EN COURS QUAND J'AURAI PLUS D'INFORMATIONS. IL EST TEMPS DE LEVER NOS TRAVAUX. JE VOUDRAIS VOUS MONTRER L'UNE DE NOS RÉCENTES ACQUISITIONS.
JE PENSE QU'ELLE VA VOUS PLAIRE.

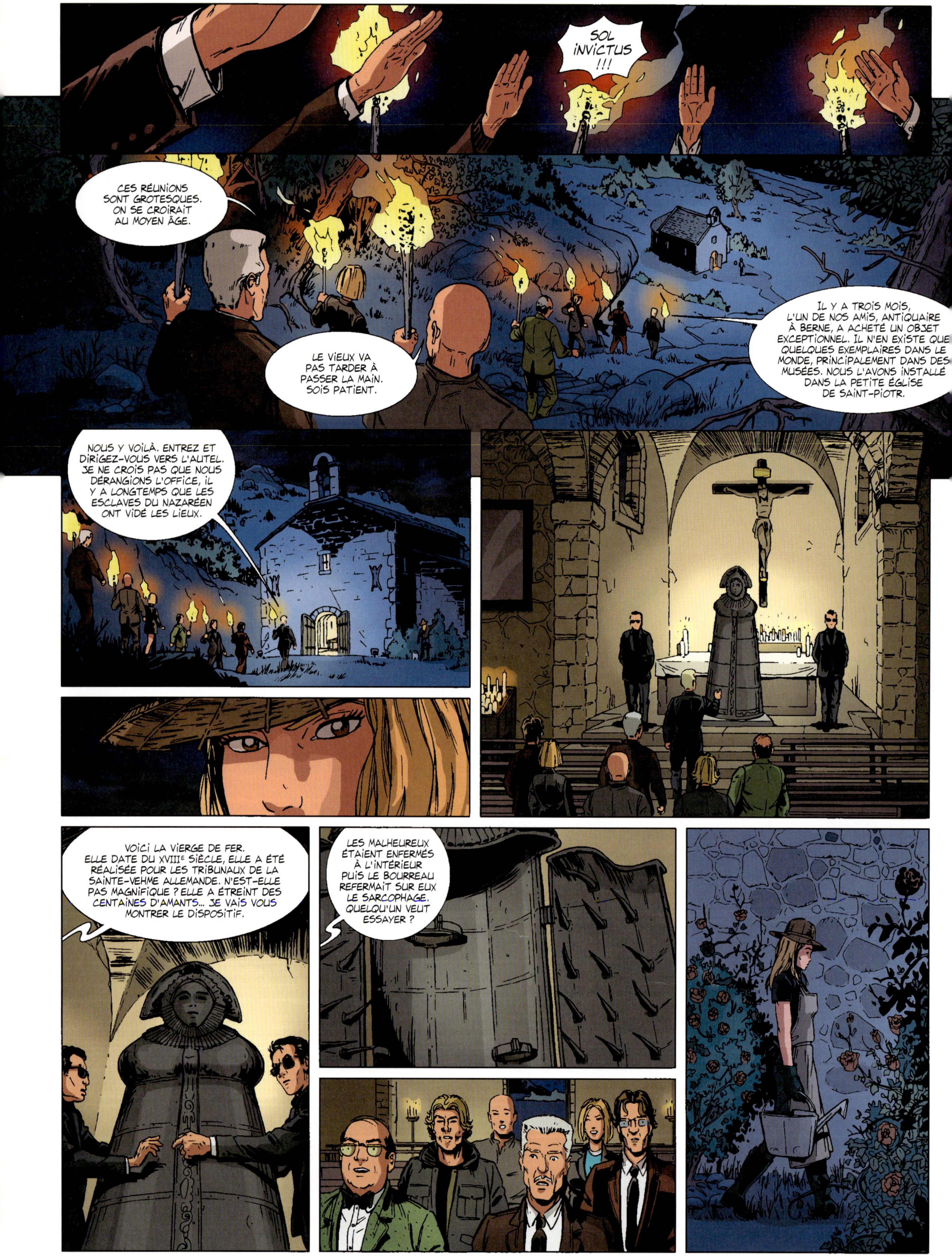
SOL INVICTUS !!!
CES RÉUNIONS SONT GROTESQUES. ON SE CROIRAIT AU MOYEN ÂGE.
LE VIEUX VA PAS TARDER À PASSER LA MAIN. SOIS PATIENT.
IL Y A TROIS MOIS, L'UN DE NOS AMIS, ANTIQUAIRE À BERNE, A ACHETÉ UN OBJET EXCEPTIONNEL. IL N'EN EXISTE QUE QUELQUES EXEMPLAIRES DANS LE MONDE, PRINCIPALEMENT DANS DES MUSÉES. NOUS L'AVONS INSTALLÉ DANS LA PETITE ÉGLISE DE SAINT-PIOTR.
NOUS Y VOILÀ. ENTREZ ET DIRIGEZ-VOUS VERS L'AUTEL. JE NE CROIS PAS QUE NOUS DÉRANGIONS L'OFFICE, IL Y A LONGTEMPS QUE LES ESCLAVES DU NAZARÉEN ONT VIDÉ LES LIEUX.
VOICI LA VIERGE DE FER. ELLE DATE DU XVIIIe SIÈCLE, ELLE A ÉTÉ RÉALISÉE POUR LES TRIBUNAUX DE LA SAINTE-VEHME ALLEMANDE. N'EST-ELLE PAS MAGNIFIQUE ? ELLE A ÉTREINT DES CENTAINES D'AMANTS... JE VAIS VOUS MONTRER LE DISPOSITIF.
LES MALHEUREUX ÉTAIENT ENFERMÉS À L'INTÉRIEUR PUIS LE BOURREAU REFERMAIT SUR EUX LE SARCOPHAGE. QUELQU'UN VEUT ESSAYER ?

JE N'AI PAS APPRÉCIÉ TON INTERVENTION DE TOUT À L'HEURE SUR MON ÉSOTÉRISME D'UN AUTRE ÂGE. MAIS JE NE T'EN VEUX PAS, LA COMPTABILITÉ TE PASSIONNE PLUS QUE LA MYSTIQUE DE L'ORDRE.
JE M'EN EXCUSE, J'ÉTAIS FATIGUÉ PAR LE VOYAGE. VOUS SAVEZ COMBIEN JE SUIS DÉVOUÉ À L'ORDRE. JE FAIS FRUCTIFIER L'ARGENT POUR SON BIEN.
ON M'A ENVOYÉ UN RAPPORT SUR TES COMPTES EN BANQUE. CURIEUSEMENT, C'EST EXACTEMENT LE CONTRAIRE DE NOS INVESTISSEMENTS. TU T'ES MÊME ACHETÉ UNE SUPERBE VILLA À CÔTÉ DE SÉVILLE.
COMMENT ÇA ? JE...
C'EST UNE ERREUR ! ON VOUS A MENTI. LÂCHEZ-MOI.
TU N'AS RIEN CONTRE LES VIERGES, HEIMDALL?
NON, PITIÉ ! JE N'AI RIEN FAIT !!!
J'AI UN PEU MODIFIÉ LE DISPOSITIF. AU LIEU QUE LE COUVERCLE SE REFERME BRUTALEMENT ET ASSURE UNE MORT RAPIDE, J'AI FAIT INSTALLER UNE MINUTERIE QUI PERMET UNE FERMETURE PROGRESSIVE. UN MODÈLE THILLIEZ, TRÈS PRÉCIS. LES PICS D'ACIER DÉCHIRERONT LENTEMENT LES CHAIRS, LES YEUX, LES ORGANES GÉNITAUX. TU ES LE PREMIER SUR QUI JE VAIS TESTER MON INVENTION, SI L'ON EXCEPTE QUELQUES CHIENS ERRANTS.
SI TOUT SE PASSE SELON MES CALCULS, IL TE RESTE TROIS HEURES À VIVRE. JE REVIENDRAI VÉRIFIER. NE M'EN VEUX PAS SI JE ME SUIS TROMPÉ.
NOOOOONNNNNN.
ARRRRGGGGHHH !!!
VOUS ÉTIEZ OBLIGÉ DE LUI IMPOSER ÇA ? UNE BALLE DANS LA TÊTE AURAIT SUFFI.
MOURIR DANS LES BRAS D'UNE FEMME, C'EST UNE BELLE FIN... JE VOUS LAISSE REJOINDRE LE MANOIR. JE DOIS PARLER JARDINAGE.

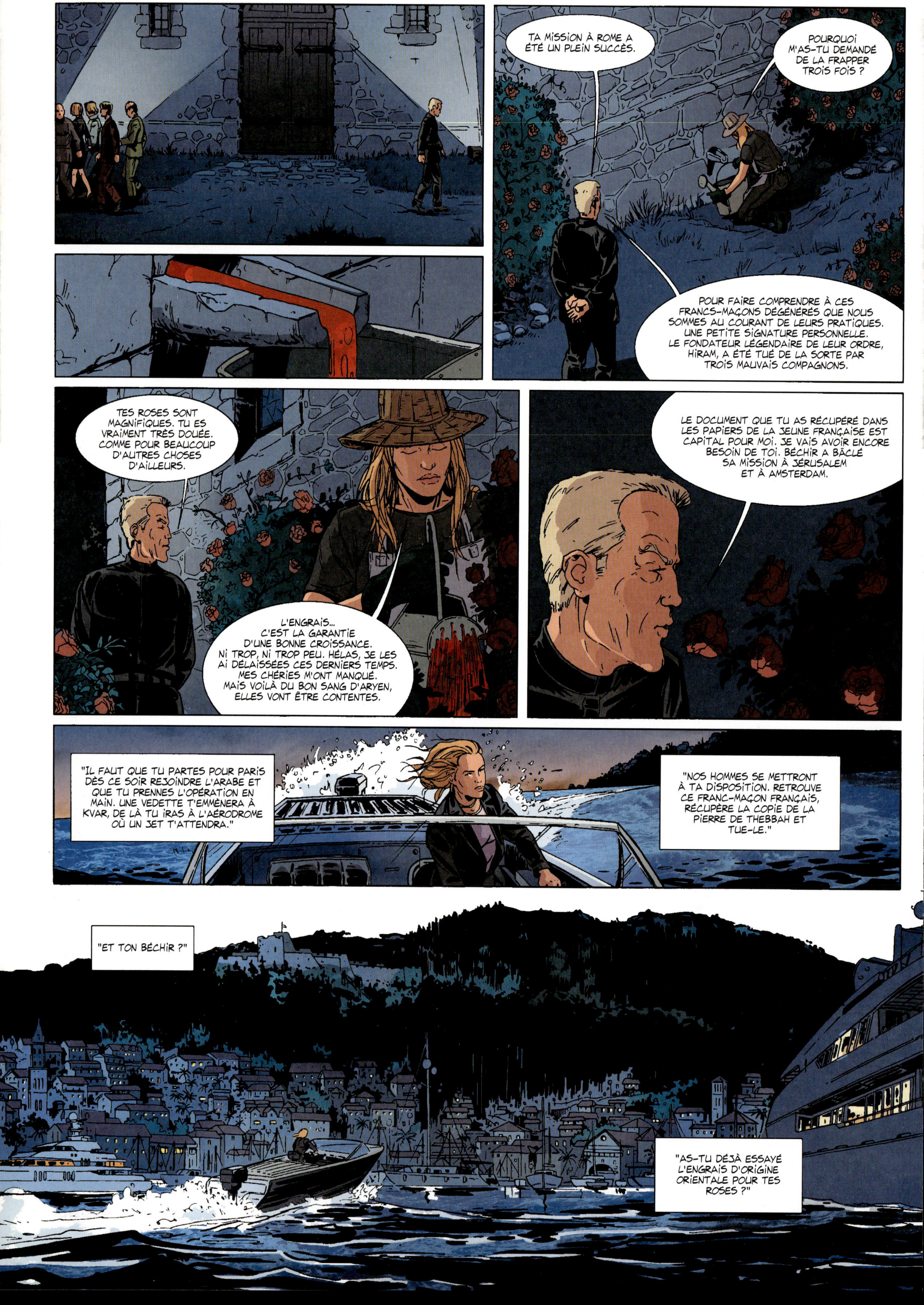
TA MISSION À ROME A ÉTÉ UN PLEIN SUCCÈS.
POURQUOI M'AS-TU DEMANDÉ DE LA FRAPPER TROIS FOIS ?
POUR FAIRE COMPRENDRE À CES FRANCS-MAÇONS DÉGÉNÉRÉS QUE NOUS SOMMES AU COURANT DE LEURS PRATIQUES. UNE PETITE SIGNATURE PERSONNELLE. LE FONDATEUR LÉGENDAIRE DE LEUR ORDRE, HIRAM, A ÉTÉ TUÉ DE LA SORTE PAR TROIS MAUVAIS COMPAGNONS.
TES ROSES SONT MAGNIFIQUES. TU ES VRAIMENT TRÈS DOUÉE. COMME POUR BEAUCOUP D'AUTRES CHOSES D'AILLEURS.
L'ENGRAIS... C'EST LA GARANTIE D'UNE BONNE CROISSANCE. NI TROP, NI TROP PEU. HÉLAS, JE LES AI DÉLAISSÉES CES DERNIERS TEMPS. MES CHÉRIES M'ONT MANQUÉ. MAIS VOILÀ DU BON SANG D'ARYEN, ELLES VONT ÊTRE CONTENTES.
LE DOCUMENT QUE TU AS RÉCUPÉRÉ DANS LES PAPIERS DE LA JEUNE FRANÇAISE EST CAPITAL POUR MOI. JE VAIS AVOIR ENCORE BESOIN DE TOI. BÉCHIR A BÂCLÉ SA MISSION À JÉRUSALEM ET À AMSTERDAM.
"IL FAUT QUE TU PARTES POUR PARIS DÈS CE SOIR REJOINDRE L'ARABE ET QUE TU PRENNES L'OPÉRATION EN MAIN. UNE VEDETTE T'EMMÈNERA À KVAR, DE LÀ TU IRAS À L'AÉRODROME OÙ UN JET T'ATTENDRA."
"NOS HOMMES SE METTRONT À TA DISPOSITION. RETROUVE CE FRANC-MAÇON FRANÇAIS, RÉCUPÈRE LA COPIE DE LA PIERRE DE THEBBAH ET TUE-LE."
"ET TON BÉCHIR ?"
"AS-TU DÉJÀ ESSAYÉ L'ENGRAIS D'ORIGINE ORIENTALE POUR TES ROSES ?"

* CROATES ALLIÉS DES NAZIS PENDANT LA SECONDE GUERRE MONDIALE.

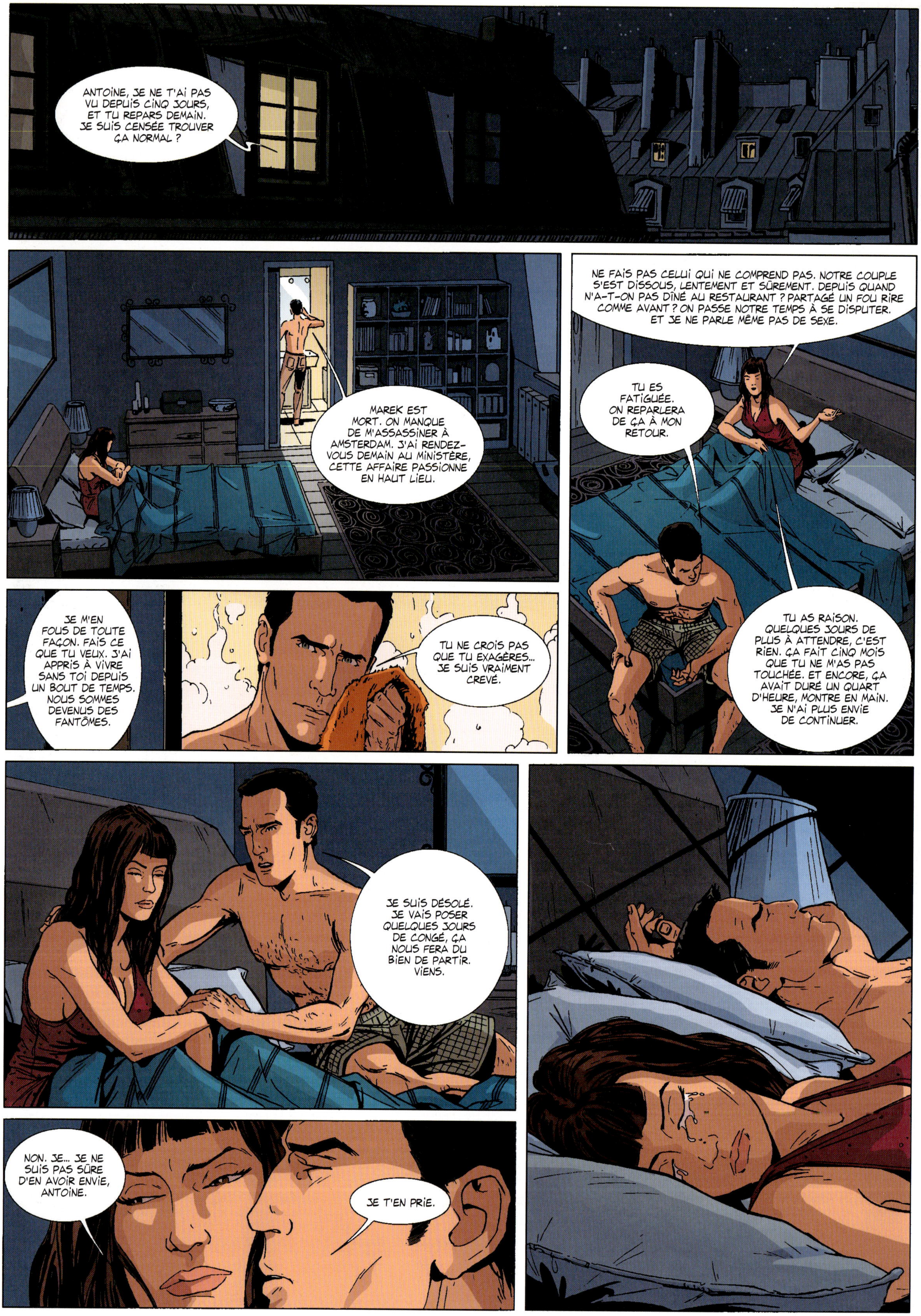
ANTOINE, JE NE T'AI PAS VU DEPUIS CINQ JOURS, ET TU REPARS DEMAIN. JE SUIS CENSÉE TROUVER ÇA NORMAL ?
MAREK EST MORT. ON MANQUE DE M'ASSASSINER À AMSTERDAM. J'AI RENDEZ-VOUS DEMAIN AU MINISTÈRE, CETTE AFFAIRE PASSIONNE EN HAUT LIEU.
NE FAIS PAS CELUI QUI NE COMPREND PAS. NOTRE COUPLE S'EST DISSOUS, LENTEMENT ET SÛREMENT. DEPUIS QUAND N'A-T-ON PAS DÎNÉ AU RESTAURANT ? PARTAGÉ UN FOU RIRE COMME AVANT ? ON PASSE NOTRE TEMPS À SE DISPUTER. ET JE NE PARLE MÊME PAS DE SEXE.
TU ES FATIGUÉE. ON REPARLERA DE ÇA À MON RETOUR.
TU AS RAISON. QUELQUES JOURS DE PLUS À ATTENDRE, C'EST RIEN. ÇA FAIT CINQ MOIS QUE TU NE M'AS PAS TOUCHÉE. ET ENCORE, ÇA AVAIT DURÉ UN QUART D'HEURE, MONTRE EN MAIN. JE N'AI PLUS ENVIE DE CONTINUER.
TU NE CROIS PAS QUE TU EXAGÈRES... JE SUIS VRAIMENT CREVÉ.
JE M'EN FOUS DE TOUTE FAÇON. FAIS CE QUE TU VEUX. J'AI APPRIS À VIVRE SANS TOI DEPUIS UN BOUT DE TEMPS. NOUS SOMMES DEVENUS DES FANTÔMES.
JE SUIS DÉSOLÉ. JE VAIS POSER QUELQUES JOURS DE CONGÉ, ÇA NOUS FERA DU BIEN DE PARTIR. VIENS.
NON. JE... JE NE SUIS PAS SÛRE D'EN AVOIR ENVIE, ANTOINE.
JE T'EN PRIE.

ANTOINE, MON FRÈRE.
IL Y EN A TROIS, ANTOINE ! TU DOIS EMPÊCHER QU'ILS LES ASSEMBLENT. L'HUMANITÉ EST EN TRÈS GRAND DANGER.

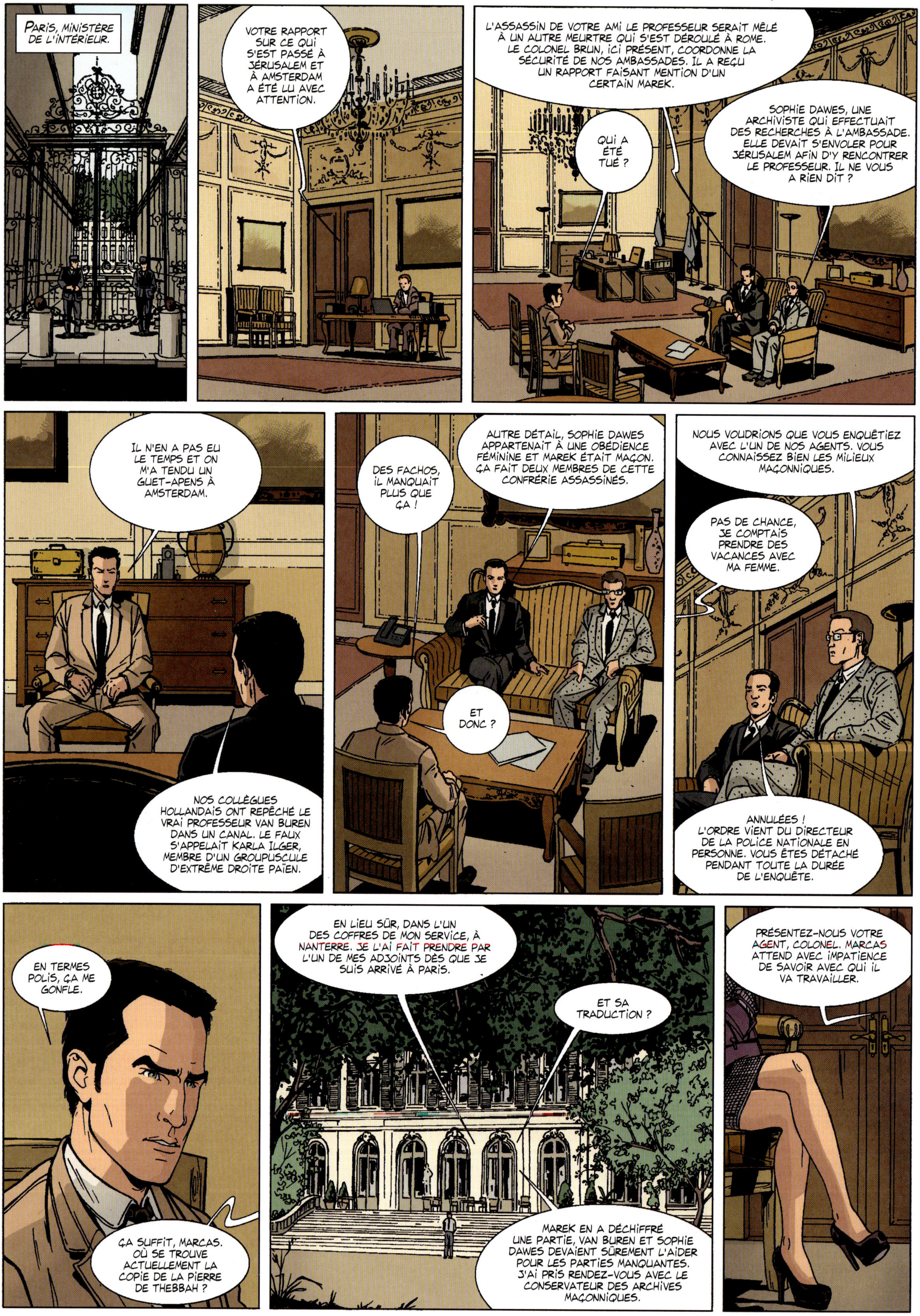
PARIS, MINISTÈRE DE L'INTÉRIEUR.
VOTRE RAPPORT SUR CE QUI S'EST PASSÉ À JÉRUSALEM ET À AMSTERDAM A ÉTÉ LU AVEC ATTENTION.
L'ASSASSIN DE VOTRE AMI LE PROFESSEUR SERAIT MÊLÉ À UN AUTRE MEURTRE QUI S'EST DÉROULÉ À ROME. LE COLONEL BRUN, ICI PRÉSENT, COORDONNE LA SÉCURITÉ DE NOS AMBASSADES. IL A REÇU UN RAPPORT FAISANT MENTION D'UN CERTAIN MAREK.
QUI A ÉTÉ TUÉ ?
SOPHIE DAWES, UNE ARCHIVISTE QUI EFFECTUAIT DES RECHERCHES À L'AMBASSADE. ELLE DEVAIT S'ENVOLER POUR JÉRUSALEM AFIN D'Y RENCONTRER LE PROFESSEUR. IL NE VOUS A RIEN DIT ?
IL N'EN A PAS EU LE TEMPS ET ON M'A TENDU UN GUET-APENS À AMSTERDAM.
NOS COLLÈGUES HOLLANDAIS ONT REPÊCHÉ LE VRAI PROFESSEUR VAN BUREN DANS UN CANAL. LE FAUX S'APPELAIT KARLA ILGER, MEMBRE D'UN GROUPUSCULE D'EXTRÊME DROITE PAÏEN.
DES FACHOS, IL MANQUAIT PLUS QUE ÇA !
AUTRE DÉTAIL, SOPHIE DAWES APPARTENAIT À UNE OBÉDIENCE FÉMININE ET MAREK ÉTAIT MAÇON. ÇA FAIT DEUX MEMBRES DE CETTE CONFRÉRIE ASSASSINÉS.
ET DONC ?
NOUS VOUDRIONS QUE VOUS ENQUÊTIEZ AVEC L'UN DE NOS AGENTS. VOUS CONNAISSEZ BIEN LES MILIEUX MAÇONNIQUES.
PAS DE CHANCE, JE COMPTAIS PRENDRE DES VACANCES AVEC MA FEMME.
ANNULÉES ! L'ORDRE VIENT DU DIRECTEUR DE LA POLICE NATIONALE EN PERSONNE. VOUS ÊTES DÉTACHÉ PENDANT TOUTE LA DURÉE DE L'ENQUÊTE.
EN TERMES POLIS, ÇA ME GONFLE.
ÇA SUFFIT, MARCAS. OÙ SE TROUVE ACTUELLEMENT LA COPIE DE LA PIERRE DE THEBBAH ?
EN LIEU SÛR, DANS L'UN DES COFFRES DE MON SERVICE, À NANTERRE. JE L'AI FAIT PRENDRE PAR L'UN DE MES ADJOINTS DÈS QUE JE SUIS ARRIVÉ À PARIS.
ET SA TRADUCTION ?
MAREK EN A DÉCHIFFRÉ UNE PARTIE, VAN BUREN ET SOPHIE DAWES DEVAIENT SÛREMENT L'AIDER POUR LES PARTIES MANQUANTES. J'AI PRIS RENDEZ-VOUS AVEC LE CONSERVATEUR DES ARCHIVES MAÇONNIQUES.
PRÉSENTEZ-NOUS VOTRE AGENT, COLONEL. MARCAS ATTEND AVEC IMPATIENCE DE SAVOIR AVEC QUI IL VA TRAVAILLER.

NOTRE AGENT, LE LIEUTENANT ZEWINSKI, ATTEND DANS L'ANTICHAMBRE. IL ÉTAIT PRÉSENT À L'AMBASSADE AU MOMENT DU MEURTRE ET CONNAISSAIT LA VICTIME. C'EST UN ANCIEN DES FORCES SPÉCIALES, DEUX ANS EN AFGHANISTAN.
JE VAIS APPELER L'HUISSIER.
JE N'AI PAS ENVIE D'AVOIR UN MILITAIRE DANS LES PATTES. VOTRE HOMME EST SÛREMENT DOUÉ POUR ARPENTER LES RUES DE KABOUL AVEC SON FAMAS, MAIS À PARIS...
LE LIEUTENANT ZEWINSKI EST UN AGENT TOUT-TERRAIN. VOUS VOUS ENTENDREZ À MERVEILLE.
ENTREZ, LIEUTENANT.
L'ARMÉE RECRUTE DANS LES ÉCOLES DE MANNEQUINS ?
L'UN DE NOS MEILLEURS ÉLÉMENTS.
MES RESPECTS, MON COLONEL. MESSIEURS.
REPOS, LIEUTENANT, ASSEYEZ-VOUS.
LE CAPITAINE MARCAS EST RAVI DE FAIRE ÉQUIPE AVEC VOUS.
JE N'EN DOUTE PAS.
ALLONS DROIT AU BUT. VOUS AVEZ IDENTIFIÉ LA TUEUSE DE L'AMBASSADE ?
NON. UNE JEUNE FEMME INCONNUE DES FICHIERS.
AVEZ-VOUS TROUVÉ DES INDICES DANS L'APPARTEMENT DE VOTRE COUSINE ?
NON, TOUT A ÉTÉ EMPORTÉ AVANT NOTRE ARRIVÉE.
PENDANT CETTE ENQUÊTE, VOUS DÉPENDREZ DU CAPITAINE MARCAS. EST-CE CLAIR ?
AFFIRMATIF, MON COLONEL.

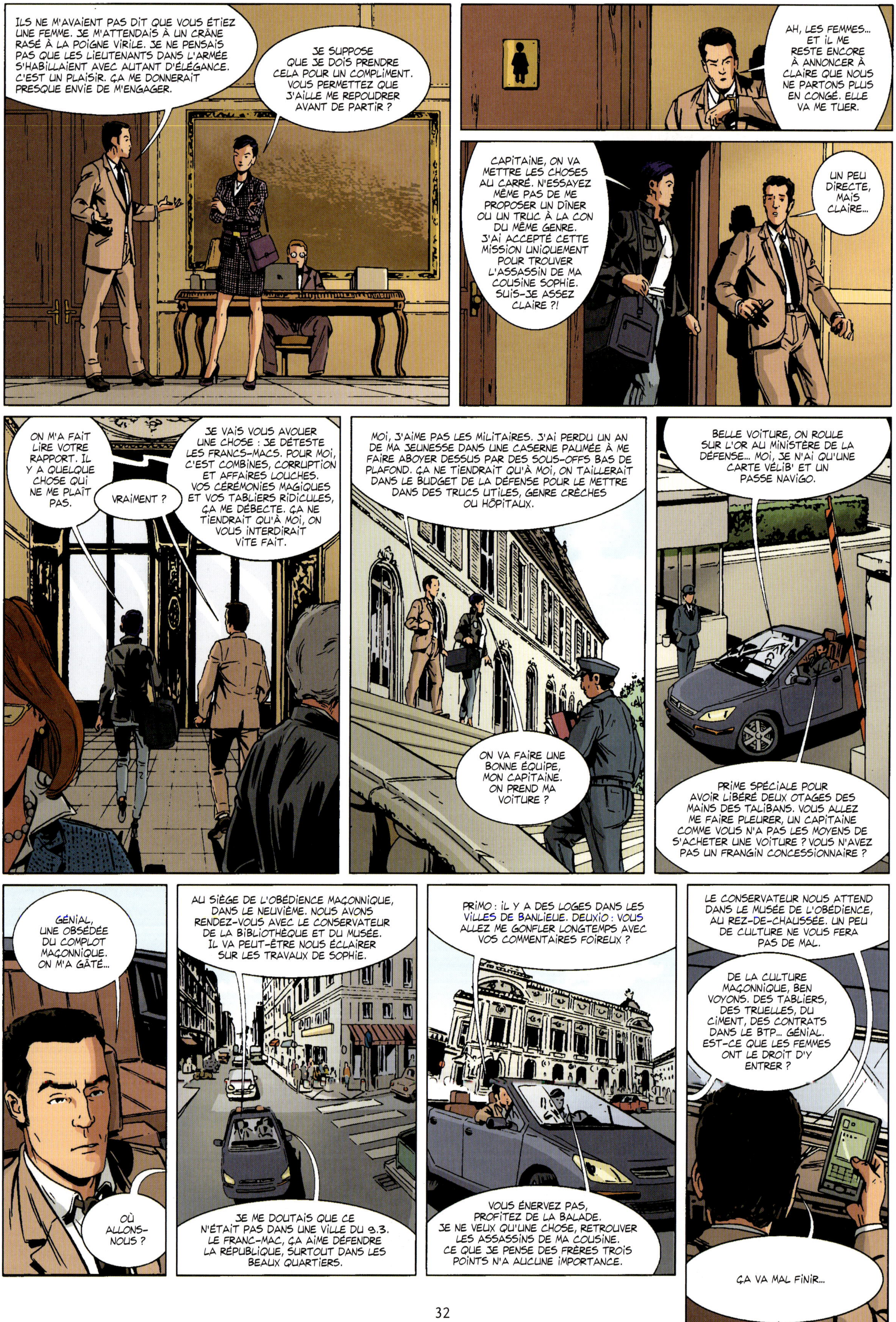

ILS NE M'AVAIENT PAS DIT QUE VOUS ÉTIEZ UNE FEMME. JE M'ATTENDAIS À UN CRÂNE RASÉ À LA POIGNE VIRILE. JE NE PENSAIS PAS QUE LES LIEUTENANTS DANS L'ARMÉE S'HABILLAIENT AVEC AUTANT D'ÉLÉGANCE. C'EST UN PLAISIR. ÇA ME DONNERAIT PRESQUE ENVIE DE M'ENGAGER.
JE SUPPOSE QUE JE DOIS PRENDRE CELA POUR UN COMPLIMENT. VOUS PERMETTEZ QUE J'AILLE ME REPOUDRER AVANT DE PARTIR ?
AH, LES FEMMES... ET IL ME RESTE ENCORE À ANNONCER À CLAIRE QUE NOUS NE PARTONS PLUS EN CONGÉ. ELLE VA ME TUER.
CAPITAINE, ON VA METTRE LES CHOSES AU CARRÉ. N'ESSAYEZ MÊME PAS DE ME PROPOSER UN DÎNER OU UN TRUC À LA CON DU MÊME GENRE. J'AI ACCEPTÉ CETTE MISSION UNIQUEMENT POUR TROUVER L'ASSASSIN DE MA COUSINE SOPHIE. SUIS-JE ASSEZ CLAIRE ?!
UN PEU DIRECTE, MAIS CLAIRE...
ON M'A FAIT LIRE VOTRE RAPPORT. IL Y A QUELQUE CHOSE QUI NE ME PLAÎT PAS.
VRAIMENT ?
JE VAIS VOUS AVOUER UNE CHOSE : JE DÉTESTE LES FRANCS-MACS. POUR MOI, C'EST COMBINES, CORRUPTION ET AFFAIRES LOUCHES. VOS CÉRÉMONIES MAGIQUES ET VOS TABLIERS RIDICULES, ÇA ME DÉBECTE. ÇA NE TIENDRAIT QU'À MOI, ON VOUS INTERDIRAIT VITE FAIT.
MOI, J'AIME PAS LES MILITAIRES. J'AI PERDU UN AN DE MA JEUNESSE DANS UNE CASERNE PAUMÉE À ME FAIRE ABOYER DESSUS PAR DES SOUS-OFFS BAS DE PLAFOND. ÇA NE TIENDRAIT QU'À MOI, ON TAILLERAIT DANS LE BUDGET DE LA DÉFENSE POUR LE METTRE DANS DES TRUCS UTILES, GENRE CRÈCHES OU HÔPITAUX.
ON VA FAIRE UNE BONNE ÉQUIPE, MON CAPITAINE. ON PREND MA VOITURE ?
BELLE VOITURE, ON ROULE SUR L'OR AU MINISTÈRE DE LA DÉFENSE... MOI, JE N'AI QU'UNE CARTE VÉLIB' ET UN PASSE NAVIGO.
PRIME SPÉCIALE POUR AVOIR LIBÉRÉ DEUX OTAGES DES MAINS DES TALIBANS. VOUS ALLEZ ME FAIRE PLEURER, UN CAPITAINE COMME VOUS N'A PAS LES MOYENS DE S'ACHETER UNE VOITURE ? VOUS N'AVEZ PAS UN FRANGIN CONCESSIONNAIRE ?
GÉNIAL, UNE OBSÉDÉE DU COMPLOT MAÇONNIQUE. ON M'A GÂTÉ...
OÙ ALLONS-NOUS ?
AU SIÈGE DE L'OBÉDIENCE MAÇONNIQUE, DANS LE NEUVIÈME. NOUS AVONS RENDEZ-VOUS AVEC LE CONSERVATEUR DE LA BIBLIOTHÈQUE ET DU MUSÉE. IL VA PEUT-ÊTRE NOUS ÉCLAIRER SUR LES TRAVAUX DE SOPHIE.
JE ME DOUTAIS QUE CE N'ÉTAIT PAS DANS UNE VILLE DU 9.3. LE FRANC-MAC, ÇA AIME DÉFENDRE LA RÉPUBLIQUE, SURTOUT DANS LES BEAUX QUARTIERS.
PRIMO : IL Y A DES LOGES DANS LES VILLES DE BANLIEUE. DEUXIO : VOUS ALLEZ ME GONFLER LONGTEMPS AVEC VOS COMMENTAIRES FOIREUX ?
VOUS ÉNERVEZ PAS, PROFITEZ DE LA BALADE. JE NE VEUX QU'UNE CHOSE, RETROUVER LES ASSASSINS DE MA COUSINE. CE QUE JE PENSE DES FRÈRES TROIS POINTS N'A AUCUNE IMPORTANCE.
LE CONSERVATEUR NOUS ATTEND DANS LE MUSÉE DE L'OBÉDIENCE, AU REZ-DE-CHAUSSÉE. UN PEU DE CULTURE NE VOUS FERA PAS DE MAL.
DE LA CULTURE MAÇONNIQUE, BEN VOYONS. DES TABLIERS, DES TRUELLES, DU CIMENT, DES CONTRATS DANS LE BTP... GÉNIAL. EST-CE QUE LES FEMMES ONT LE DROIT D'Y ENTRER ?
ÇA VA MAL FINIR...

THUD
THUD
QUI ÊTES-VOUS ?
J'AI DIT QUE JE M'OCCUPERAIS DU FRANÇAIS. L'UN DE VOS HOMMES L'A SUIVI. IL DEVAIT ME CONTACTER POUR QUE J'INTERVIENNE...
JE SAIS DÉJÀ TOUT ÇA. DU CALME. TU VAS T'HABILLER ET NOUS ACCOMPAGNER VOIR CET ANTOINE MARCAS. ON N'A PLUS LE TEMPS DE TERGIVERSER. MON IDÉE EST SIMPLE : ON ENVOIE UN COMMANDO METTRE LA MAIN SUR CE FLIC ET ON RÉCUPÈRE LE DOCUMENT. CEPENDANT, DEUX QUESTIONS ME BRÛLENT LES LÈVRES.
??
PUTAIN, LÂCHEZ-MOI !
TA GUEULE, L'ARABE.
CE FRANC-MAÇON A-T-IL BEAUCOUP DE CHANCE DANS LA VIE OU ES-TU UN INCAPABLE COMME TOUS TES FRÈRES ARABES ?
EN D'AUTRES TEMPS, JE T'AURAIS ÉVENTRÉE POUR CE GENRE DE PROPOS !
JE N'AI JAMAIS COMPRIS POURQUOI L'ORDEN A FAIT APPEL À TOI. POUR MOI, VOUS ÊTES COMME LES JUIFS, LES NOIRS ET TOUS CES MÉTÈQUES QUI POLLUENT MA PLANÈTE. NÉANMOINS JE NE VEUX PAS QU'ON M'ACCUSE DE RACISME. D'OÙ MA SECONDE QUESTION.
DÉSOLÉE POUR TES PETITES COPINES MAIS TROP DE SEXE NUIT À LA CONCENTRATION. SOL M'A DEMANDÉ DE T'AIDER SUR TON CHEMIN DE VIE. TU SAIS QUE NOUS PERDONS BEAUCOUP DE TEMPS EN CE MOMENT. ÉTAIT-CE BIEN JUDICIEUX DE TE DIVERTIR AVEC CES DÉLICATES CRÉATURES ?
AIMES-TU LES ROSES ?
QUOI ?
JE VAIS VOIR SI TON SANG EST AUSSI NOURRISSANT QUE CELUI D'UN ARYEN. J'AVOUE QUE JE SUIS CURIEUSE. CERTES J'AI UN A PRIORI DÉFAVORABLE MAIS BON, ON PEUT CHANGER...

AS-TU AIMÉ MON PRÉSENT, NAZARÉEN ?
LE SANG, SI PUR, SI PRÉCIEUX... JE T'AI OFFERT CET HOLOCAUSTE ET TU NE SEMBLES PAS L'APPRÉCIER. ÇA NE M'ÉTONNE PAS. TU ES SI FAIBLE.
TON PÈRE, LUI, AIMAIT LES SACRIFICES, COMME IL EST DIT DANS VOTRE LIVRE SACRÉ. MAIS TOI, TU ES SI PITOYABLE, SI PATHÉTIQUE. HUMBLE ET SOUMIS, COMME UN CHIEN.
LE REICHSFÜHRER HIMMLER RÉPÉTAIT QUE L'HUMILITÉ EST LE SEUL ORGUEIL DES FAIBLES. IL AVAIT RAISON, CE BON HEINRICH.
LA PIERRE DE THEBBAH SERA À MOI. C'EST UNE QUESTION DE JOURS. JE VAIS BIENTÔT TE REJOINDRE, MON VIEIL ENNEMI. TU SERAS BALAYÉ À JAMAIS. ET CE SONT DES FRANCS-MAÇONS QUI VONT M'Y AIDER, N'EST-CE PAS IRONIQUE ? CETTE CONFRÉRIE CORROMPUE AURA AU MOINS SERVI À QUELQUE CHOSE. C'EST UNE QUESTION DE TEMPS...
LE TEMPS...
SCHNELL!!!
THULÉ SAURA TE REMERCIER, CAMARADE. TA CARGAISON EST SAUVÉE.
IL Y AVAIT QUOI, DANS CES CAISSES ?
PEUT-ÊTRE LA CLÉ POUR CHANGER L'AVENIR DU REICH.

PARIS, 9E ARRONDISSEMENT.
C'EST PARFAIT, PLUS VRAI QUE NATURE. MERCI, MES FRÈRES.
ON VEUT CONCURRENCER LE MUSÉE GRÉVIN ?
CE CHER ANTOINE ! UN REVENANT. LA DERNIÈRE FOIS QUE JE T'AI VU, C'ÉTAIT À LA LOGE TRANSECTION POUR TA PLANCHE SUR LES ÉMEUTES EN BANLIEUE. QUI EST CETTE JEUNE PERSONNE ?
LIEUTENANT ZEWINSKI, DU MINISTÈRE DE LA DÉFENSE. FAIS ATTENTION, ELLE EST PERSUADÉE QUE LES FRANCS-MAÇONS SONT DES ÊTRES ABOMINABLES. NOUS ALLONS AVOIR BESOIN DE TES LUMIÈRES.
SOPHIE DAWES EST VENUE VOUS VOIR ?
OUI, POUR TRAVAILLER SUR CERTAINS CARTONS D'ARCHIVES. AU BOUT D'UNE SEMAINE, ELLE NOUS A DIT QU'ELLE PARTAIT POUR ROME OU JÉRUSALEM. JE VAIS VOUS MONTRER.
VENEZ, MONTONS AUX ARCHIVES.
LIOGÈNE, TRANSECTION, LES NEUF SOEURS, C'EST QUOI, CES NOMS SUR CE PANNEAU ?
LE NOM DE LA LOGE ET L'HEURE DE LA TENUE. LE BÂTIMENT ABRITE DE NOMBREUX TEMPLES OÙ SE RÉUNISSENT NOS FRÈRES ET NOS SOEURS. VENEZ, NOUS MONTONS AU 6E ÉTAGE.
SOPHIE VOUS A-T-ELLE DIT LE BUT DE SON VOYAGE À ROME ?
NON. POUR TOUT VOUS DIRE, NOUS VOYONS PASSER BEAUCOUP DE CHERCHEURS ICI. PROFANES OU INITIÉS. NOUS AVONS UN FONDS TRÈS RICHE.
OUF ! VIVEMENT QU'ILS REMETTENT EN MARCHE L'ASCENSEUR.
TROP D'AGAPES, MON FRÈRE...
C'EST QUOI, LES AGAPES ?
APRÈS CHAQUE TENUE, NOUS AVONS L'HABITUDE DE PARTAGER UN BON REPAS ET DE BOIRE UN COUP.

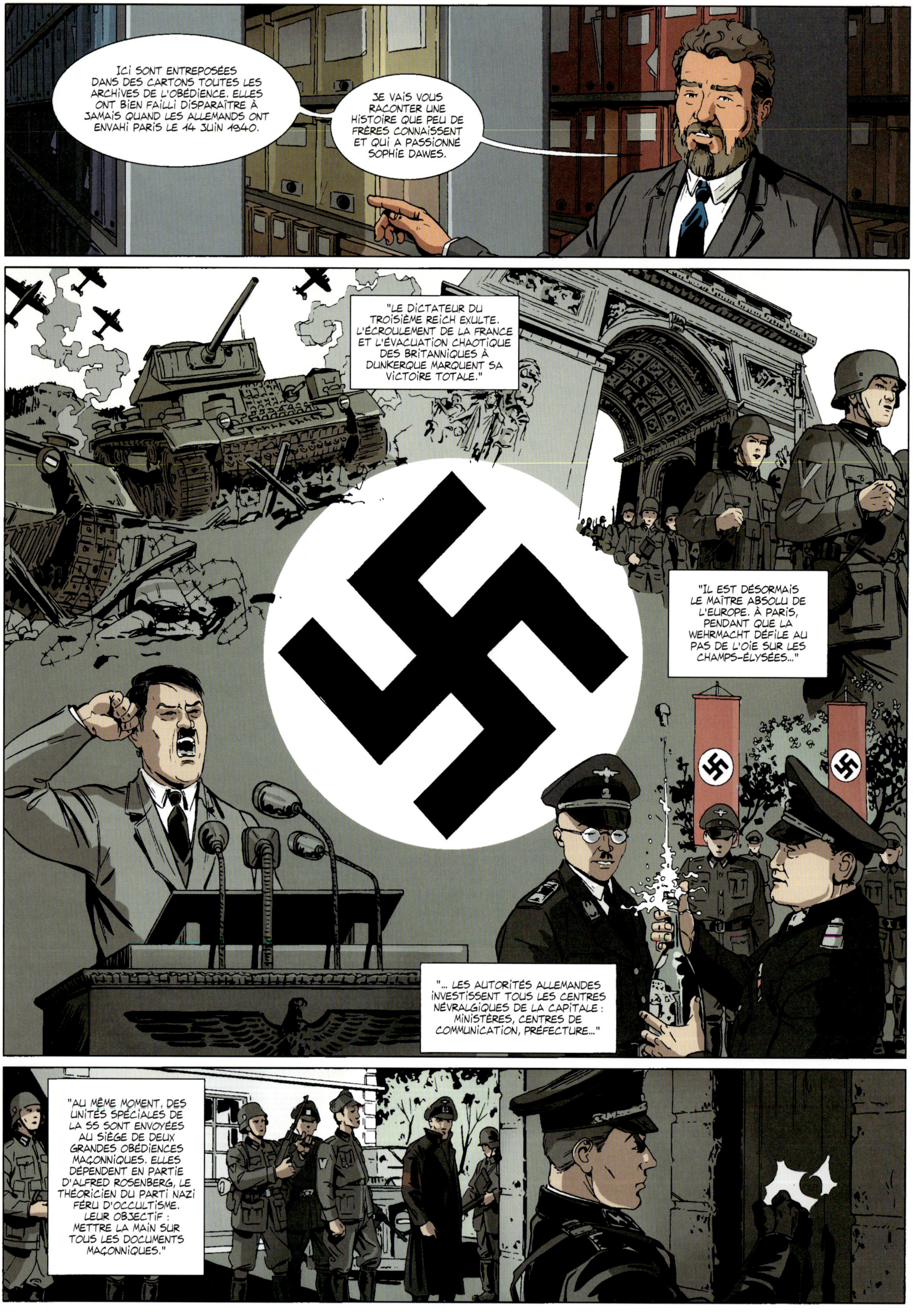
ICI SONT ENTREPOSÉES DANS DES CARTONS TOUTES LES ARCHIVES DE L'OBÉDIENCE. ELLES ONT BIEN FAILLI DISPARAÎTRE À JAMAIS QUAND LES ALLEMANDS ONT ENVAHI PARIS LE 14 JUIN 1940.
JE VAIS VOUS RACONTER UNE HISTOIRE QUE PEU DE FRÈRES CONNAISSENT ET QUI A PASSIONNÉ SOPHIE DAWES.
"LE DICTATEUR DU TROISIÈME REICH EXULTE. L'ÉCROULEMENT DE LA FRANCE ET L'ÉVACUATION CHAOTIQUE DES BRITANNIQUES À DUNKERQUE MARQUENT SA VICTOIRE TOTALE."
"IL EST DÉSORMAIS LE MAÎTRE ABSOLU DE L'EUROPE. À PARIS, PENDANT QUE LA WEHRMACHT DÉFILE AU PAS DE L'OIE SUR LES CHAMPS-ÉLYSÉES..."
"... LES AUTORITÉS ALLEMANDES INVESTISSENT TOUS LES CENTRES NÉVRALGIQUES DE LA CAPITALE : MINISTÈRES, CENTRES DE COMMUNICATION, PRÉFECTURE..."
"AU MÊME MOMENT, DES UNITÉS SPÉCIALES DE LA SS SONT ENVOYÉES AU SIÈGE DE DEUX GRANDES OBÉDIENCES MAÇONNIQUES. ELLES DÉPENDENT EN PARTIE D'ALFRED ROSENBERG, LE THÉORICIEN DU PARTI NAZI FÉRU D'OCCULTISME. LEUR OBJECTIF : METTRE LA MAIN SUR TOUS LES DOCUMENTS MAÇONNIQUES."

"ROSENBERG, COMME BEAUCOUP D'AUTRES DIGNITAIRES NAZIS, ÉTAIT PERSUADÉ QUE LES FRANCS-MAÇONS DÉTENAIENT DE NOMBREUX SECRETS. POUR EUX, LE COMPLOT JUDÉO-MAÇONNIQUE ÉTAIT UNE RÉALITÉ. ILS CHERCHAIENT DES LISTES D'OPPOSANTS POLITIQUES MAIS AUSSI DES PREUVES DE SECRETS ÉSOTÉRIQUES."
"TOUT A ÉTÉ PILLÉ. LES FRÈRES ONT ÉTÉ ARRÊTÉS PAR L'UNITÉ EINSATZSTAB ROSENBERG. D'AUTRES DÉTACHEMENTS ONT AUSSI ÉTÉ ENVOYÉS EN PROVINCE."
"UN TÉLÉGRAMME A ÉTÉ EXPÉDIÉ À ROSENBERG. IL DISAIT : 'NOUS AVONS RETROUVÉ LE SECRET DES FRANCS-MAÇONS.'"
GEHEIM
Berlin 21
Brunwald I
Schloen Brunwald
Alfred Rosenberg
"UNE PARTIE DES ARCHIVES EST RESTÉE EN FRANCE, UNE AUTRE A ÉTÉ EXPÉDIÉE À BERLIN. LES ALLEMANDS ÉTAIENT TRÈS ORGANISÉS. UNE FOIS ARRIVÉS DANS LA CAPITALE DU REICH, LES DOCUMENTS ONT ÉTÉ TRADUITS, CLASSÉS PUIS ANALYSÉS PAR DES SPÉCIALISTES."
"LES ARCHIVES REMONTAIENT AU XVIIIE SIÈCLE. UN VRAI TRÉSOR. DES COMPTES RENDUS DE TENUES DE LOGE, DONT UNE AVEC BENJAMIN FRANKLIN, TOUTE LA MÉMOIRE MAÇONNIQUE FRANÇAISE... LES RECHERCHES S'ORIENTAIENT VERS L'ACTION POLITIQUE DE LA MAÇONNERIE, QUI ÉTAIT TRÈS ACTIVE, AVANT GUERRE, DANS LA LUTTE CONTRE LE FASCISME ET LE NAZISME EN EUROPE... MAIS AUSSI VERS LES RITUELS ET LES ENSEIGNEMENTS. CETTE DERNIÈRE PARTIE INTÉRESSAIT PLUS PARTICULIÈREMENT UN SERVICE SPÉCIALISÉ DE LA SS DONT NOUS NE CONNAISSONS PAS LE NOM."
AU PILORI
de l'affaire Natan ?
LES NOMS DES FRANCS-
Messieurs
"EN FRANCE, C'EST LE CAUCHEMAR. PÉTAIN FAIT PROMULGUER SES LOIS INIQUES : LE 13 AOÛT L'INTERDICTION DE LA FRANC-MAÇONNERIE, À LAQUELLE IL VOUE UNE HAINE TENACE, ET LE 3 OCTOBRE LE PREMIER STATUT DES JUIFS. LES JOURNAUX COLLABOS PUBLIENT LES LISTES DES MAÇONS DONT LES NOMS ONT ÉTÉ TROUVÉS DANS LES ARCHIVES. 18 000 FRÈRES SONT DÉVOILÉS DANS LES TORCHONS D'ALORS, À LA GRANDE JOIE DE LEURS ENNEMIS."

"EN OCTOBRE 1940 À PARIS, PUIS DANS TOUTE LA FRANCE, L'OCCUPANT ET VICHY ORGANISENT UNE GRANDE EXPOSITION PUBLIQUE POUR METTRE EN GARDE CONTRE LES FRANCS-MAÇONS. UN PLEIN SUCCÈS, SELON LES COLLABOS. PRÈS D'UN MILLION DE BRAVES FRANÇAIS VIENNENT PAYER LEUR ENTRÉE. LE SIÈGE DE L'OBÉDIENCE DEVIENT LE CENTRE DE DOCUMENTATION DU NOUVEAU SERVICE DE LUTTE CONTRE LES SOCIÉTÉS SECRÈTES, DIRIGÉ PAR L'ARCHIVISTE ANTIMAÇON BERNARD FAŸ. IL VA DÉPLOYER SON ZÈLE POUR PERSÉCUTER NOS FRÈRES, DONT BEAUCOUP FINIRONT DANS LES CAMPS DE CONCENTRATION."
EXPOSITION MAÇONNIQUE
EXPOSITION MAÇONNIQUE
EXPOSITION MAÇONNIQUE
"CES CANAILLES SE SERVENT MÊME DE NOS TEMPLES, ET DE L'ASSEMBLÉE NATIONALE, POUR TOURNER UN FILM DE PROPAGANDE CONTRE LA MAÇONNERIE. FORCES OCCULTES NARRE L'HISTOIRE D'UN JEUNE DÉPUTÉ QUI SE FAIT INITIER ET DÉCOUVRE, HORRIFIÉ, LE COMPLOT DES MAÇONS ET DES JUIFS CONTRE LA FRANCE."
FORCES OCCULTES
"LA ROUE TOURNE. APRÈS QUATRE ANNÉES SOMBRES, LA FRANCE EST LIBÉRÉE. LES LOIS ANTIJUIVES ET ANTIMAÇONNIQUES SONT CASSÉES. LES LOGES RALLUMENT LEURS FEUX UN PEU PARTOUT EN FRANCE, MAIS HÉLAS TOUTES LES ARCHIVES ONT DISPARU."
"LE TROISIÈME REICH SOMBRE DANS LE FEU ET LA FOLIE. L'ARMÉE ROUGE PULVÉRISE BERLIN. À NOUVEAU, LES ARCHIVES CHANGENT DE PROPRIÉTAIRE. LES ALLEMANDS ESSAIENT D'ÉVACUER LES DOCUMENTS MAIS LES RUSSES S'EN EMPARENT ET LES EXPÉDIENT À MOSCOU."
"LES RUSSES FONT EXACTEMENT COMME LES ALLEMANDS : TRADUCTION, CLASSIFICATION ET ÉTUDE. LES DOCUMENTS RESTERONT DANS LES CAVES DE MOSCOU PENDANT CINQUANTE ANS."
ЗАЩИЩЕНВI МАСОНВI
"EN 1998, UNE CHERCHEUSE AMÉRICAINE, PATRICIA GRIMSTED, ALERTE L'OPINION SUR LE FAIT QUE DES TONNES D'ARCHIVES, DONT DES DOCUMENTS MAÇONNIQUES, SONT ENTREPOSÉES EN RUSSIE ET ELLE MÈNE CAMPAGNE POUR LES RENDRE À LEURS PROPRIÉTAIRES."
"APRÈS BIEN DES TRACTATIONS, LE KREMLIN A RENDU OFFICIELLEMENT LES ARCHIVES MAÇONNIQUES À LA FRANCE. JE NE VOUS RACONTE PAS L'ÉMOTION QUI M'A SAISI QUAND NOUS LES AVONS REÇUES ICI."
NOUS AVONS RÉCUPÉRÉ LA GRANDE MAJORITÉ DES DOCUMENTS PILLÉS, MAIS IL EST CLAIR QU'UNE PARTIE S'EST ÉVAPORÉE. GARDÉE SOIT EN ALLEMAGNE, SOIT PAR LES RUSSES.

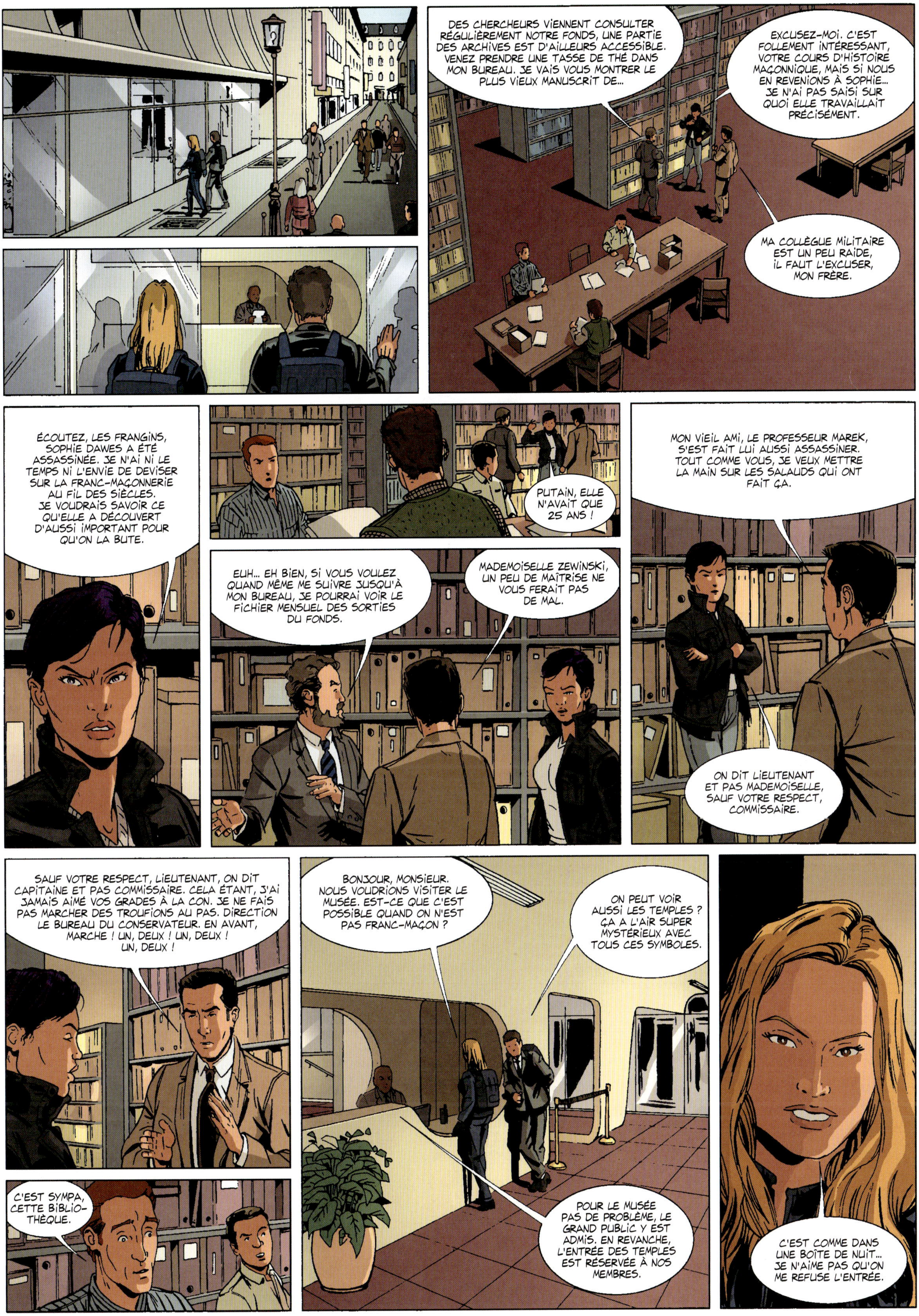
DES CHERCHEURS VIENNENT CONSULTER RÉGULIÈREMENT NOTRE FONDS, UNE PARTIE DES ARCHIVES EST D'AILLEURS ACCESSIBLE. VENEZ PRENDRE UNE TASSE DE THÉ DANS MON BUREAU. JE VAIS VOUS MONTRER LE PLUS VIEUX MANUSCRIT DE...
EXCUSEZ-MOI. C'EST FOLLEMENT INTÉRESSANT, VOTRE COURS D'HISTOIRE MAÇONNIQUE, MAIS SI NOUS EN REVENIONS À SOPHIE... JE N'AI PAS SAISI SUR QUOI ELLE TRAVAILLAIT PRÉCISÉMENT.
MA COLLÈGUE MILITAIRE EST UN PEU RAIDE, IL FAUT L'EXCUSER, MON FRÈRE.
ÉCOUTEZ, LES FRANGINS, SOPHIE DAWES A ÉTÉ ASSASSINÉE. JE N'AI NI LE TEMPS NI L'ENVIE DE DEVISER SUR LA FRANC-MAÇONNERIE AU FIL DES SIÈCLES. JE VOUDRAIS SAVOIR CE QU'ELLE A DÉCOUVERT D'AUSSI IMPORTANT POUR QU'ON LA BUTE.
PUTAIN, ELLE N'AVAIT QUE 25 ANS !
EUH... EH BIEN, SI VOUS VOULEZ QUAND MÊME ME SUIVRE JUSQU'À MON BUREAU, JE POURRAI VOIR LE FICHIER MENSUEL DES SORTIES DU FONDS.
MADEMOISELLE ZEWINSKI, UN PEU DE MAÎTRISE NE VOUS FERAIT PAS DE MAL.
MON VIEIL AMI, LE PROFESSEUR MAREK, S'EST FAIT LUI AUSSI ASSASSINER. TOUT COMME VOUS, JE VEUX METTRE LA MAIN SUR LES SALAUDS QUI ONT FAIT ÇA.
ON DIT LIEUTENANT ET PAS MADEMOISELLE, SAUF VOTRE RESPECT, COMMISSAIRE.
SAUF VOTRE RESPECT, LIEUTENANT, ON DIT CAPITAINE ET PAS COMMISSAIRE. CELA ÉTANT, J'AI JAMAIS AIMÉ VOS GRADES À LA CON. JE NE FAIS PAS MARCHER DES TROUFIONS AU PAS. DIRECTION LE BUREAU DU CONSERVATEUR. EN AVANT, MARCHE ! UN, DEUX ! UN, DEUX ! UN, DEUX !
C'EST SYMPA, CETTE BIBLIO-THÈQUE.
BONJOUR, MONSIEUR. NOUS VOUDRIONS VISITER LE MUSÉE. EST-CE QUE C'EST POSSIBLE QUAND ON N'EST PAS FRANC-MAÇON ?
ON PEUT VOIR AUSSI LES TEMPLES ? ÇA A L'AIR SUPER MYSTÉRIEUX AVEC TOUS CES SYMBOLES.
POUR LE MUSÉE PAS DE PROBLÈME, LE GRAND PUBLIC Y EST ADMIS. EN REVANCHE, L'ENTRÉE DES TEMPLES EST RÉSERVÉE À NOS MEMBRES.
C'EST COMME DANS UNE BOÎTE DE NUIT... JE N'AIME PAS QU'ON ME REFUSE L'ENTRÉE.

VOUS POUVEZ LAISSER VOS AFFAIRES À L'ENTRÉE DU MUSÉE. NOUS AVONS UN VESTIAIRE.
JE CROIS QUE MA COPINE A UNE SURPRISE POUR VOUS.
UN PETIT PRÉSENT DE SOL.
JE VAIS TE LA FAIRE COURTE. EN TROIS POINTS. VOUS AIMEZ ÇA, VOUS, LES FRANGINS, LES EXPLICATIONS EN TROIS POINTS, NON ? UN : TU BOUGES, TU ES MORT. DEUX : DONNE LES CLÉS DE L'ENTRÉE À MON CAMARADE. VITE ! TROIS...
VOILÀ, NE TIREZ PAS !
BAISSE LES BRAS, ON VIENT PAS FAIRE UN HOLD-UP. TROIS : OÙ SONT LES DEUX VISITEURS QUI SONT VENUS TOUT À L'HEURE ?
IL Y A BEAUCOUP DE VISITEURS... NOUS AVONS AUSSI DES FRÈRES QUI SONT ACTUELLEMENT EN TENUE. JE NE SAIS PAS SI...
UN COUPLE : UN HOMME GRAND, BRUN, UNE FILLE PLUTÔT MIGNONNE. MA PATIENCE FOND, MON AMI. SI TA PROCHAINE RÉPONSE NE ME SATISFAIT PAS, JE TIRE ET JE POSE LA QUESTION À QUELQU'UN D'AUTRE.
J'ÉCOUTE, FRÈRE DE LUMIÈRE.
ILS SONT PROBABLEMENT DANS LE BUREAU DU CONSERVATEUR DU MUSÉE ET DE LA BIBLIOTHÈQUE, AU DERNIER ÉTAGE. L'ASCENSEUR EST EN PANNE.
Y A-T-IL UNE TENUE EN CE MOMENT DANS UN DES TEMPLES ?
OUI, AU TROISIÈME ÉTAGE, LA LOGE TRANSECTION.
PLOMBERIE DESCOSSE
Le respect des délais, le respect du client.
MERCI. LE BONJOUR AU GRAND ARCHITECTE DE L'UNIVERS.
PFFT!
HANS, JE CROIS QUE LES PLOMBIERS SONT ARRIVÉS, VEUX-TU LEUR OUVRIR ? ON VA TOUS FAIRE DU NETTOYAGE CHEZ LES FRANCS-MACS.

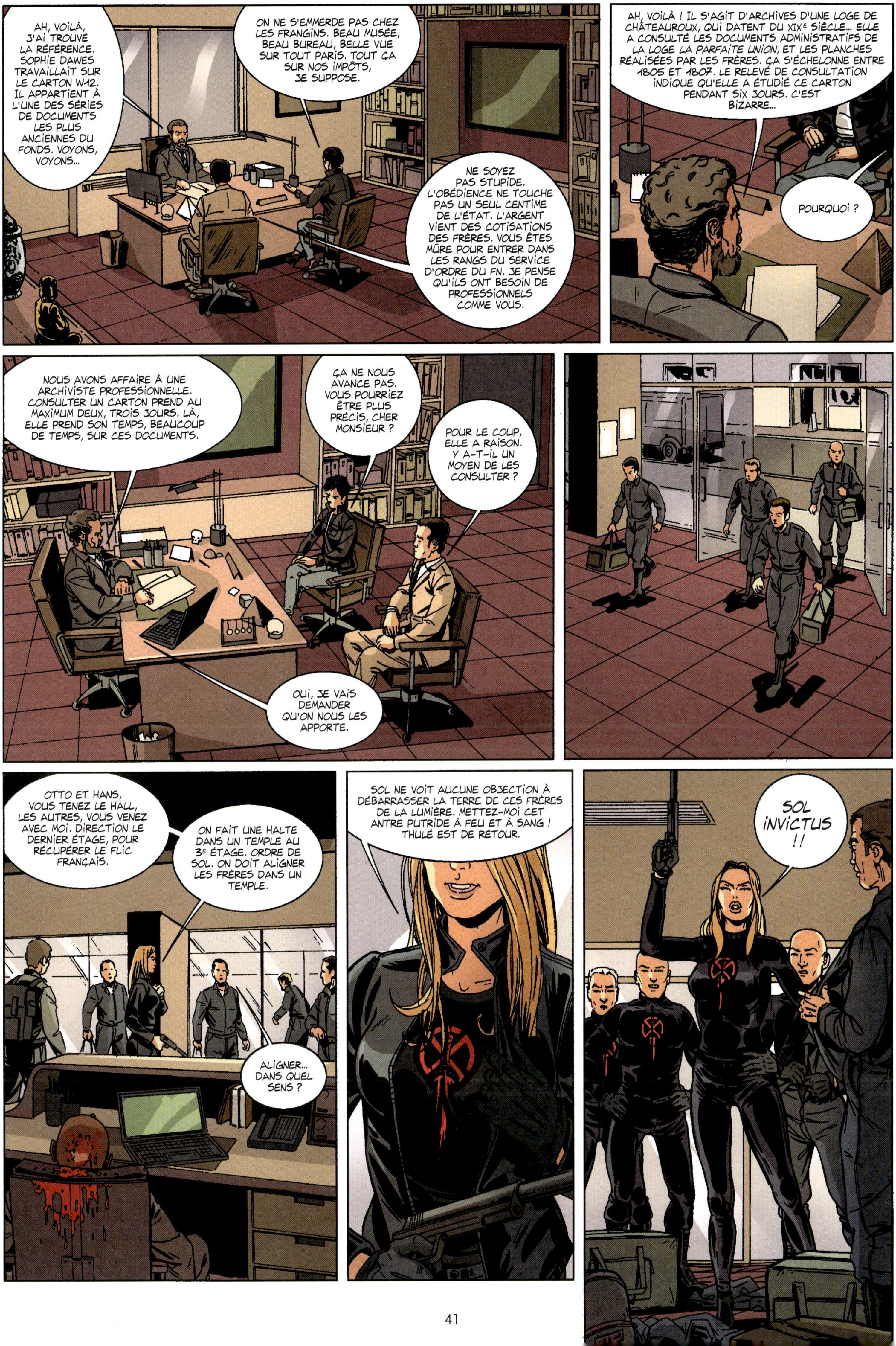
AH, VOILÀ, J'AI TROUVÉ LA RÉFÉRENCE. SOPHIE DAWES TRAVAILLAIT SUR LE CARTON W12. IL APPARTIENT À L'UNE DES SÉRIES DE DOCUMENTS LES PLUS ANCIENNES DU FONDS. VOYONS, VOYONS...
ON NE S'EMMERDE PAS CHEZ LES FRANGINS. BEAU MUSÉE, BEAU BUREAU, BELLE VUE SUR TOUT PARIS. TOUT ÇA SUR NOS IMPÔTS, JE SUPPOSE.
NE SOYEZ PAS STUPIDE. L'OBÉDIENCE NE TOUCHE PAS UN SEUL CENTIME DE L'ÉTAT. L'ARGENT VIENT DES COTISATIONS DES FRÈRES. VOUS ÊTES MÛRE POUR ENTRER DANS LES RANGS DU SERVICE D'ORDRE DU FN. JE PENSE QU'ILS ONT BESOIN DE PROFESSIONNELS COMME VOUS.
AH, VOILÀ ! IL S'AGIT D'ARCHIVES D'UNE LOGE DE CHÂTEAUROUX, QUI DATENT DU XIXe SIÈCLE... ELLE A CONSULTÉ LES DOCUMENTS ADMINISTRATIFS DE LA LOGE LA PARFAITE UNION, ET LES PLANCHES RÉALISÉES PAR LES FRÈRES. ÇA S'ÉCHELONNE ENTRE 1805 ET 1807. LE RELEVÉ DE CONSULTATION INDIQUE QU'ELLE A ÉTUDIÉ CE CARTON PENDANT SIX JOURS. C'EST BIZARRE...
POURQUOI ?
NOUS AVONS AFFAIRE À UNE ARCHIVISTE PROFESSIONNELLE. CONSULTER UN CARTON PREND AU MAXIMUM DEUX, TROIS JOURS. LÀ, ELLE PREND SON TEMPS, BEAUCOUP DE TEMPS, SUR CES DOCUMENTS.
ÇA NE NOUS AVANCE PAS. VOUS POURRIEZ ÊTRE PLUS PRÉCIS, CHER MONSIEUR ?
POUR LE COUP, ELLE A RAISON. Y A-T-IL UN MOYEN DE LES CONSULTER ?
OUI, JE VAIS DEMANDER QU'ON NOUS LES APPORTE.
OTTO ET HANS, VOUS TENEZ LE HALL, LES AUTRES, VOUS VENEZ AVEC MOI. DIRECTION LE DERNIER ÉTAGE, POUR RÉCUPÉRER LE FLIC FRANÇAIS.
ON FAIT UNE HALTE DANS UN TEMPLE AU 3e ÉTAGE. ORDRE DE SOL. ON DOIT ALIGNER LES FRÈRES DANS UN TEMPLE.
ALIGNER... DANS QUEL SENS ?
SOL NE VOIT AUCUNE OBJECTION À DÉBARRASSER LA TERRE DE CES FRÈRES DE LA LUMIÈRE. METTEZ-MOI CET ANTRE PUTRIDE À FEU ET À SANG ! THULÉ EST DE RETOUR.
SOL INVICTUS !!

MERCI. VOYONS CE QUE NOUS AVONS LÀ...
SI JE PEUX ME PERMETTRE, IL MANQUE DES PIÈCES.
IL SEMBLE QUE LA PERSONNE VENUE LES CONSULTER AIT EMPORTÉ UNE DIZAINE DE FEUILLETS.
JE M'EN SUIS APERÇUE HIER EN FAISANT L'INVENTAIRE.
VOUS AVEZ IDENTIFIÉ LES FEUILLETS MANQUANTS ?
OUI. DES RELEVÉS D'ARCHITECTURE, DES CORRESPONDANCES DE L'OBÉDIENCE AVEC SON VÉNÉRABLE, ALPHONSE DUBREUIL, UN ANCIEN COLONEL DE L'ARMÉE NAPOLÉONIENNE, ET LE NOM DES PARTICIPANTS À LA TENUE.
C'EST ENNUYEUX, CE VOL. CETTE CHERCHEUSE AVAIT POURTANT L'AIR SÉRIEUSE.
VOUS POUVEZ LE DIRE. ESSAYONS AUTRE CHOSE. EST-CE QUE LE NOM DE THEBBAH VOUS DIT QUELQUE CHOSE ? LA PIERRE DE THEBBAH ?
NON, DU TOUT. JE...
À MOI, OUI. SOPHIE DAWES M'A POSÉ LA MÊME QUESTION QUELQUES JOURS AVANT DE PARTIR. LE DERNIER JOUR DE CONSULTATION DU CARTON D'ARCHIVES EN QUESTION. C'EST POUR LE MOINS ÉTRANGE.
SOIS PLUS PRÉCISE, MA SOEUR.
SUIVEZ-MOI, IL FAUT QUE JE VOUS MONTRE QUELQUE CHOSE QUI POURRAIT VOUS INTÉRESSER. SUR LE COUP, ÇA NE M'AVAIT PAS SAUTÉ AUX YEUX. VENEZ DANS LE TABERNACLE.
JE NE COMPRENDS PAS. CETTE FEMME EST UNE RELIGIEUSE ? C'EST COMME UNE BONNE SOEUR ? VOUS ÊTES DES CATHOS ?
BIEN SÛR QUE NON ! LES FEMMES QUI ENTRENT EN MAÇONNERIE SE FONT APPELER SOEURS ET LES HOMMES FRÈRES. NOUS SOMMES TOUS ÉGAUX.
CERTAINS PLUS QUE D'AUTRES. MERCI, MON PÈRE.
CLACK
NOUS SOMMES DANS LE TABERNACLE, LE SAINT DES SAINTS, SANS MAUVAIS JEU DE MOTS. C'EST LÀ QUE NOUS METTONS LES ÉLÉMENTS DE NOTRE COLLECTION LES PLUS PRÉCIEUX. HORMIS BIEN SÛR LES PIÈCES QUI SONT DANS LE MUSÉE.
SERRURE CODÉE, PORTE BLINDÉE, PIÈCE IGNIFUGÉE POUVANT RÉSISTER À UN INCENDIE, SAUF SI L'IMMEUBLE S'ÉCROULE. VOUS AVEZ DE LA CHANCE, PEU DE GENS CONNAISSENT L'EXISTENCE DE CET ENDROIT.
SOPHIE DAWES AVAIT DÉCOUVERT, DANS LA PREMIÈRE LIASSE DU CARTON, UNE SORTE D'ESTAMPE QUI REPRÉSENTAIT DEUX HOMMES EN TABLIER AUTOUR D'UNE PIERRE GRAVÉE. LA PIERRE DE THEBBAH. ELLE M'A DEMANDÉ DES PRÉCISIONS. J'AI FAIT UNE PETITE RECHERCHE POUR ELLE ET J'AI FINI PAR DÉCOUVRIR CE QUE JE VAIS VOUS MONTRER.
ENTREZ. DITES BONJOUR AU GARDIEN.

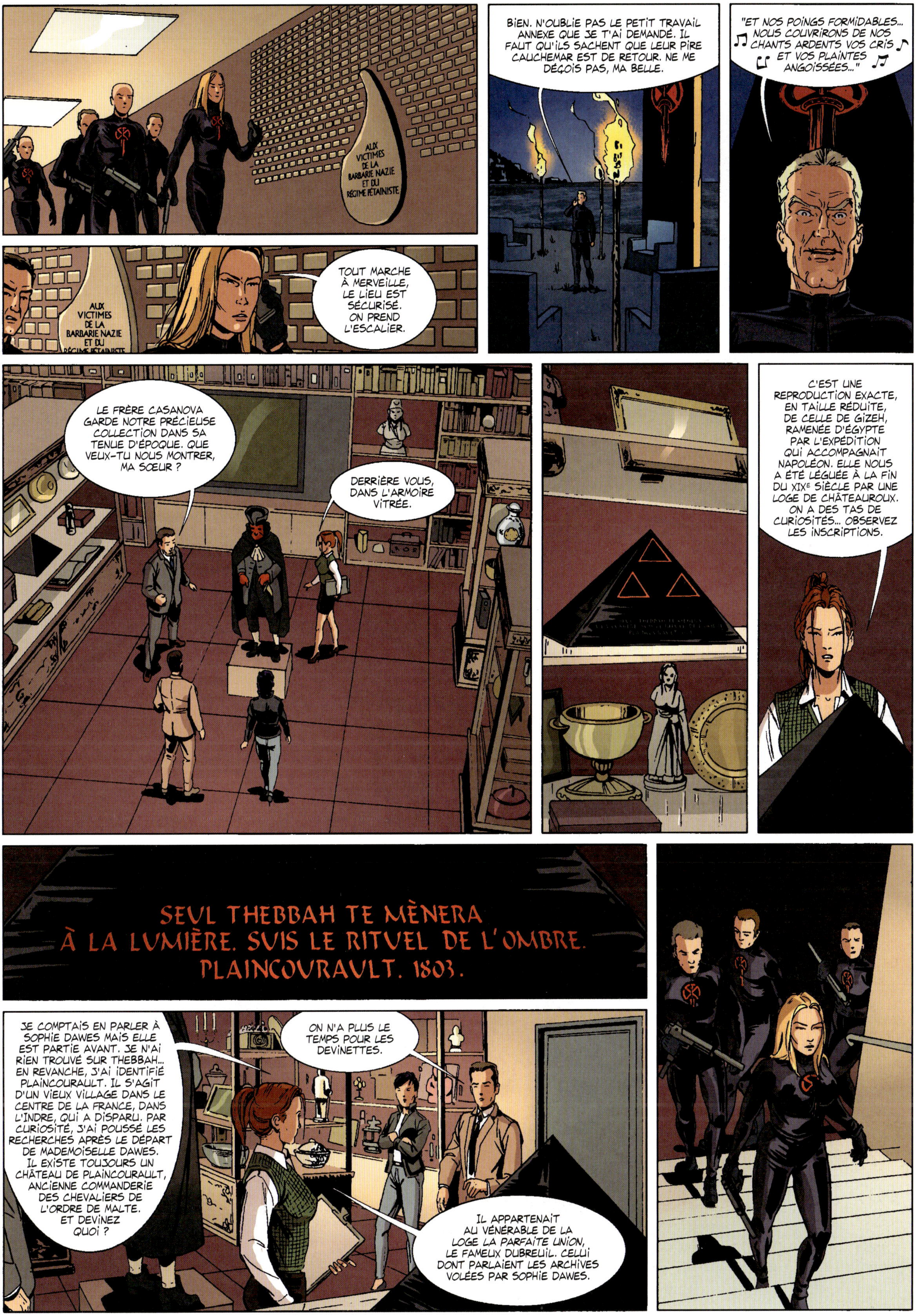
AUX VICTIMES DE LA BARBARIE NAZIE ET DU RÉGIME PÉTAINISTE
AUX VICTIMES DE LA BARBARIE NAZIE ET DU
TOUT MARCHE À MERVEILLE, LE LIEU EST SÉCURISÉ. ON PREND L'ESCALIER.
BIEN. N'OUBLIE PAS LE PETIT TRAVAIL ANNEXE QUE JE T'AI DEMANDÉ. IL FAUT QU'ILS SACHENT QUE LEUR PIRE CAUCHEMAR EST DE RETOUR. NE ME DÉÇOIS PAS, MA BELLE.
"ET NOS POINGS FORMIDABLES... NOUS COUVRIRONS DE NOS CHANTS ARDENTS VOS CRIS ET VOS PLAINTES ANGOISSÉES..."
LE FRÈRE CASANOVA GARDE NOTRE PRÉCIEUSE COLLECTION DANS SA TENUE D'ÉPOQUE. QUE VEUX-TU NOUS MONTRER, MA SŒUR ?
DERRIÈRE VOUS, DANS L'ARMOIRE VITRÉE.
C'EST UNE REPRODUCTION EXACTE, EN TAILLE RÉDUITE, DE CELLE DE GIZEH, RAMENÉE D'ÉGYPTE PAR L'EXPÉDITION QUI ACCOMPAGNAIT NAPOLÉON. ELLE NOUS A ÉTÉ LÉGUÉE À LA FIN DU XIXe SIÈCLE PAR UNE LOGE DE CHÂTEAUROUX. ON A DES TAS DE CURIOSITÉS... OBSERVEZ LES INSCRIPTIONS.
SEUL THEBBAH TE MÈNERA À LA LUMIÈRE. SUIS LE RITUEL DE L'OMBRE. PLAINCOURAULT. 1803.
JE COMPTAIS EN PARLER À SOPHIE DAWES MAIS ELLE EST PARTIE AVANT. JE N'AI RIEN TROUVÉ SUR THEBBAH... EN REVANCHE, J'AI IDENTIFIÉ PLAINCOURAULT. IL S'AGIT D'UN VIEUX VILLAGE DANS LE CENTRE DE LA FRANCE, DANS L'INDRE, QUI A DISPARU. PAR CURIOSITÉ, J'AI POUSSÉ LES RECHERCHES APRÈS LE DÉPART DE MADEMOISELLE DAWES. IL EXISTE TOUJOURS UN CHÂTEAU DE PLAINCOURAULT, ANCIENNE COMMANDERIE DES CHEVALIERS DE L'ORDRE DE MALTE. ET DEVINEZ QUOI ?
ON N'A PLUS LE TEMPS POUR LES DEVINETTES.
IL APPARTENAIT AU VÉNÉRABLE DE LA LOGE LA PARFAITE UNION, LE FAMEUX DUBREUIL. CELUI DONT PARLAIENT LES ARCHIVES VOLÉES PAR SOPHIE DAWES.

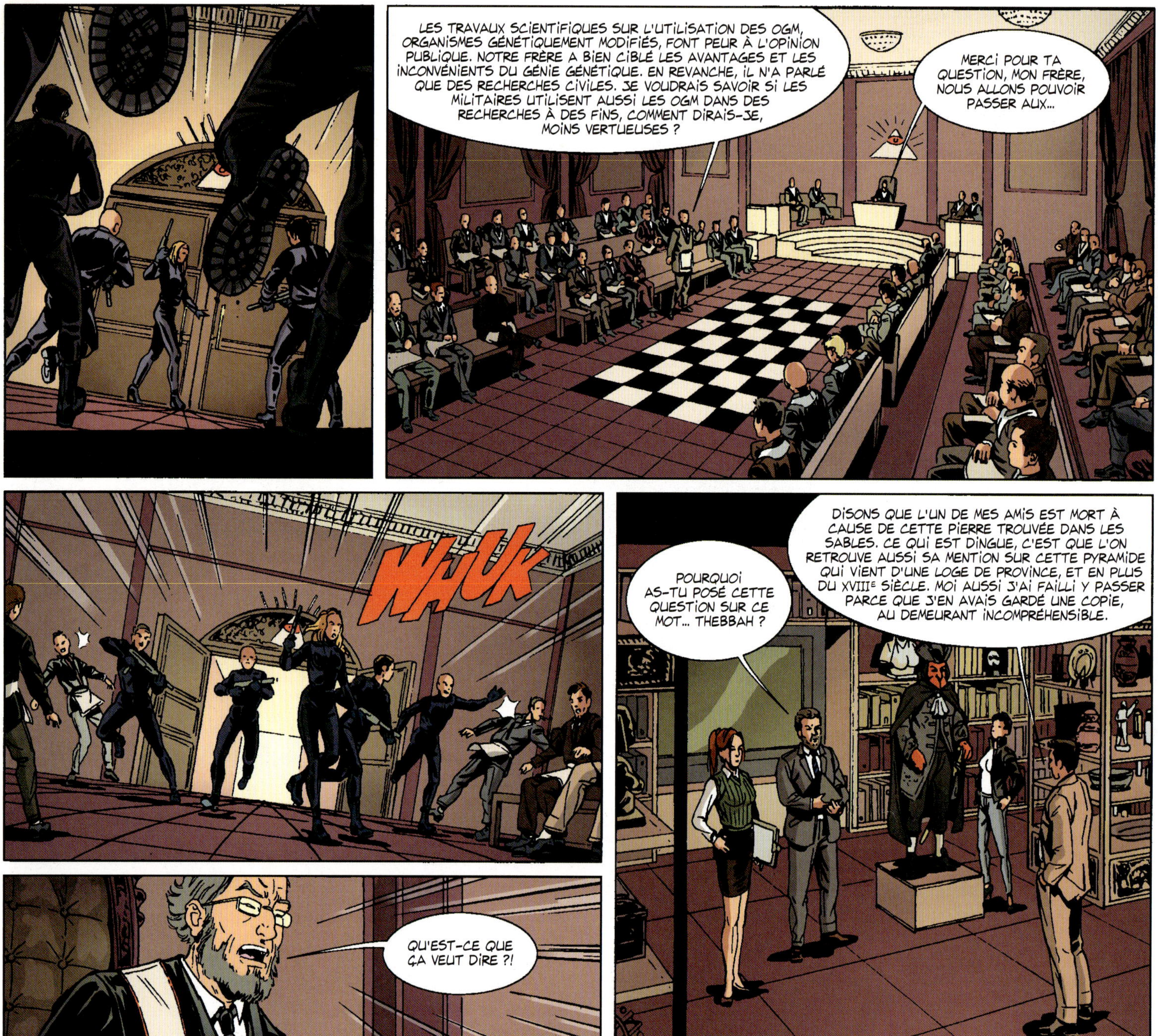
LES TRAVAUX SCIENTIFIQUES SUR L'UTILISATION DES OGM, ORGANISMES GÉNÉTIQUEMENT MODIFIÉS, FONT PEUR À L'OPINION PUBLIQUE. NOTRE FRÈRE A BIEN CIBLÉ LES AVANTAGES ET LES INCONVÉNIENTS DU GÉNIE GÉNÉTIQUE. EN REVANCHE, IL N'A PARLÉ QUE DES RECHERCHES CIVILES. JE VOUDRAIS SAVOIR SI LES MILITAIRES UTILISENT AUSSI LES OGM DANS DES RECHERCHES À DES FINS, COMMENT DIRAIS-JE, MOINS VERTUEUSES ?
MERCI POUR TA QUESTION, MON FRÈRE, NOUS ALLONS POUVOIR PASSER AUX...
WHUK
QU'EST-CE QUE ÇA VEUT DIRE ?!
POURQUOI AS-TU POSÉ CETTE QUESTION SUR CE MOT... THEBBAH ?
DISONS QUE L'UN DE MES AMIS EST MORT À CAUSE DE CETTE PIERRE TROUVÉE DANS LES SABLES. CE QUI EST DINGUE, C'EST QUE L'ON RETROUVE AUSSI SA MENTION SUR CETTE PYRAMIDE QUI VIENT D'UNE LOGE DE PROVINCE, ET EN PLUS DU XVIIIE SIÈCLE. MOI AUSSI J'AI FAILLI Y PASSER PARCE QUE J'EN AVAIS GARDÉ UNE COPIE, AU DEMEURANT INCOMPRÉHENSIBLE.
IL SEMBLE QUE DAWES SOIT ALLÉE PLUS LOIN QU'ON NE LE CROIT, MÊME SI ELLE N'A PAS VU CET OBJET. ON A DÉJÀ UNE PISTE AVEC CE DUBREUIL DANS L'INDRE. SA FAMILLE A PEUT-ÊTRE GARDÉ DES ARCHIVES. IL FAUDRAIT ALLER FAIRE UN SAUT LÀ-BAS...
SUPER, UNE BALADE AU FIN FOND DE LA FRANCE EN COMPAGNIE D'UN FRANC-MAC, JE POUVAIS PAS RÊVER MIEUX.
JE PEUX T'AIDER À DÉCRYPTER CETTE PIERRE. TU AS TA COPIE ?
JE L'AI LAISSÉE AU BUREAU, POUR DES RAISONS DE SÛRETÉ. JE VAIS T'EN ENVOYER UN EXEMPLAIRE. LES TARÉS QUI ONT VOULU ME DESCENDRE RISQUENT SÛREMENT DE VENIR FAIRE UN TOUR DANS LA CAPITALE.
BONJOUR, LES FRÈRES. QUI VEUT INITIER UNE FAIBLE FEMME ?

RRRT
FRRRRT
RRRT
MES FRÈRES !!!
POURQUOI FAITES-VOUS ÇA ?
POURQUOI. TOUJOURS DES POURQUOI... VOUS, LES FRANCS-MAÇONS, VOUS VOUS POSEZ TROP DE QUESTIONS, C'EST ÇA, VOTRE PROBLÈME. CONSIDÈRE-MOI COMME UNE... FEMME DE MÉNAGE. JE NETTOIE L'ORDURE.
PFFFFT
APRÈS LE PLAISIR, LE TRAVAIL. DIRECTION LE DERNIER ÉTAGE. SUIVEZ-MOI.
ET LES AUTRES ? IL RESTE DES BLESSÉS.
COMME AU BON VIEUX TEMPS !

PFFFFT
RHAAAA...
PFFFFT
HEY !!!
PFFFFT
AAARGH !
PFFFFT
PFFFFT
CRUNCH
WOOOOOO
CONNARD !
WOOOOOOOOOOOOOOOOO

IL FAUT SORTIR DE LÀ. ON A DÉJÀ EU UN INCENDIE IL Y A UN AN. J'AI PAS ENVIE DE REVIVRE ÇA.
!!
ON EST ATTAQUÉS. SÛREMENT LES MÊMES TYPES QU'À AMSTERDAM.
ON A DE QUOI RÉPONDRE. J'AI MON SIG. ET VOUS ?
GLOCK DE DOTATION. PAS CERTAIN QU'ON TIENNE CONTRE CES GARS.
PFFFFT !
PFFFFT
NON ! JE LE VEUX VIVANT !
PORTE BLINDÉE. HANS, METS DU C4, TOUT DE SUITE. DANS MOINS D'UNE MINUTE, ILS SONT À NOUS.
JE VOIS PAS COMMENT ON PEUT S'EN SORTIR. BORDEL ! IL Y A TOUT UN COMMANDO DERRIÈRE LA PORTE. MOURIR AU SIÈGE DE L'OBÉDIENCE, QUOI DE PLUS BEAU POUR UN MAÇON...
PARLEZ POUR VOUS, COMMISSAIRE. RIEN À FOUTRE DE VOS CONNERIES. ILS NE M'AURONT PAS COMME ÇA.

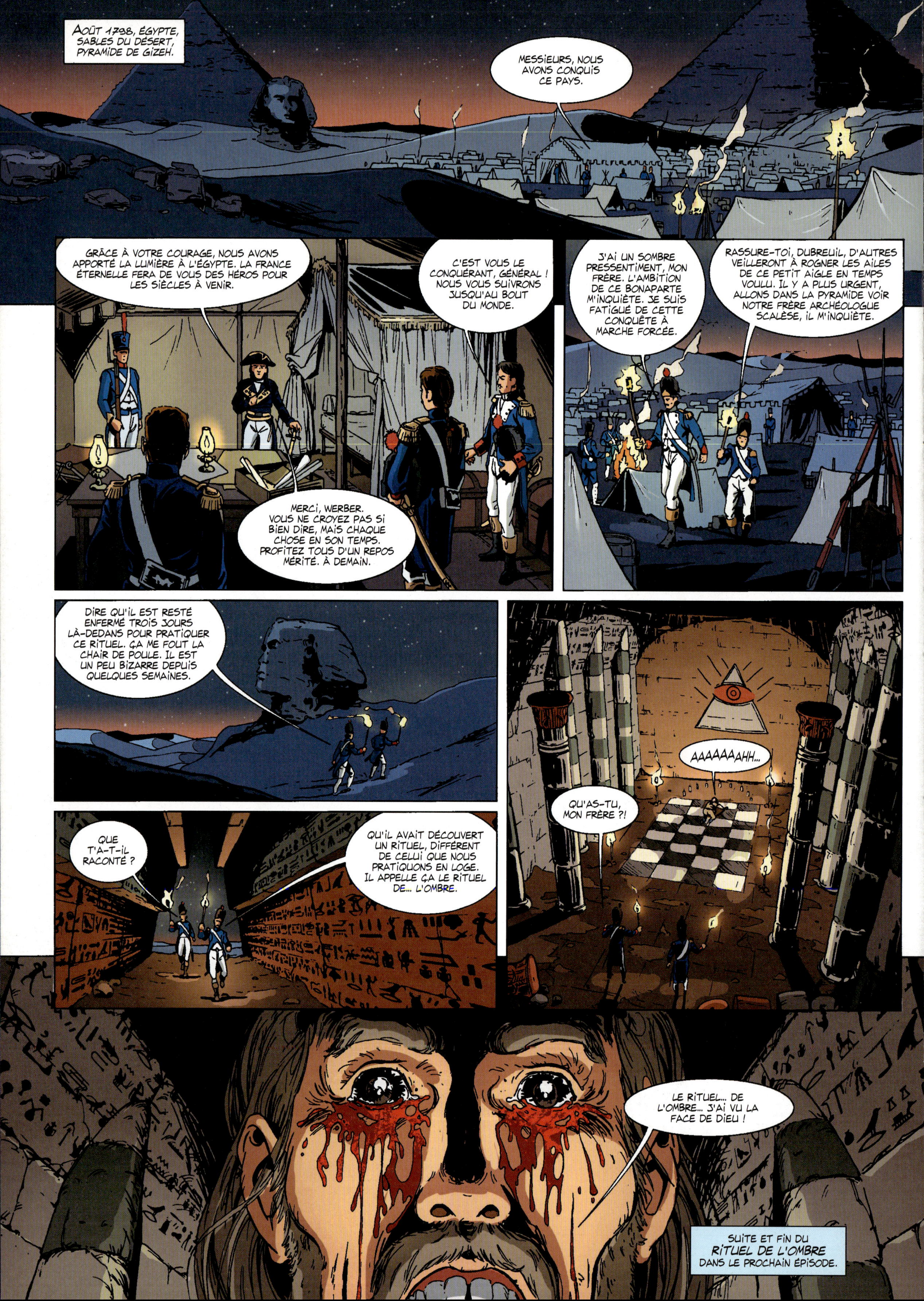

AOÛT 1798, ÉGYPTE, SABLES DU DÉSERT, PYRAMIDE DE GIZEH.
MESSIEURS, NOUS AVONS CONQUIS CE PAYS.
GRÂCE À VOTRE COURAGE, NOUS AVONS APPORTÉ LA LUMIÈRE À L'ÉGYPTE. LA FRANCE ÉTERNELLE FERA DE VOUS DES HÉROS POUR LES SIÈCLES À VENIR.
C'EST VOUS LE CONQUÉRANT, GÉNÉRAL ! NOUS VOUS SUIVRONS JUSQU'AU BOUT DU MONDE.
MERCI, WERBER. VOUS NE CROYEZ PAS SI BIEN DIRE, MAIS CHAQUE CHOSE EN SON TEMPS. PROFITEZ TOUS D'UN REPOS MÉRITÉ. À DEMAIN.
J'AI UN SOMBRE PRESSENTIMENT, MON FRÈRE. L'AMBITION DE CE BONAPARTE M'INQUIÈTE. JE SUIS FATIGUÉ DE CETTE CONQUÊTE À MARCHE FORCÉE.
RASSURE-TOI, DUBREUIL, D'AUTRES VEILLERONT À ROGNER LES AILES DE CE PETIT AIGLE EN TEMPS VOULU. IL Y A PLUS URGENT, ALLONS DANS LA PYRAMIDE VOIR NOTRE FRÈRE ARCHÉOLOGUE SCALÈSE, IL M'INQUIÈTE.
DIRE QU'IL EST RESTÉ ENFERMÉ TROIS JOURS LÀ-DEDANS POUR PRATIQUER CE RITUEL. ÇA ME FOUT LA CHAIR DE POULE. IL EST UN PEU BIZARRE DEPUIS QUELQUES SEMAINES.
QUE T'A-T-IL RACONTÉ ?
QU'IL AVAIT DÉCOUVERT UN RITUEL, DIFFÉRENT DE CELUI QUE NOUS PRATIQUONS EN LOGE. IL APPELLE ÇA LE RITUEL DE... L'OMBRE.
AAAAAAAHH...
QU'AS-TU, MON FRÈRE ?!
LE RITUEL... DE L'OMBRE... J'AI VU LA FACE DE DIEU !
SUITE ET FIN DU RITUEL DE L'OMBRE DANS LE PROCHAIN ÉPISODE.

SÉPARER LE VRAI DU FAUX

PAR ÉRIC GIACOMETTI ET JACQUES RAVENNE

Les enquêtes d'Antoine Marcas, livres et B.D., sont nées de notre imaginaire, mais s'appuient sur des faits réels. En matière de thriller ésotérique, la tentation est grande pour certains auteurs de jouer avec les deux, induisant dans l'esprit du lecteur une confusion entre réalité et fiction, et engendrant une *vision conspirationniste du monde*. Nous, nous ne le voulons pas. C'est pour cela que nous avons l'habitude d'insérer systématiquement des annexes à la fin de nos ouvrages. Pour discerner le vrai du faux, mais aussi pour donner des pistes, afin de permettre au lecteur d'aller plus loin sur tel ou tel sujet, s'il le désire. Les descriptions des tenues maçonniques reproduisent le plus fidèlement possible l'esprit de ces réunions, à quelques détails près.

UN PEU D'HISTOIRE MAÇONNIQUE

Cette société plus discrète que secrète a été fondée officiellement en 1717 à Londres, à la taverne *L'Oie et le Grill*, puis elle a essaimé au fil des siècles sur tous les continents. En France, on retrouve la trace de la première loge en 1725, à Paris, rue des Boucheries, chez un commerçant anglais. Cette loge n'est d'ailleurs fréquentée que par des sujets d'Albion et il faudra attendre 1728 pour voir apparaître la première obédience française, avec un Grand Maître anglais, le duc de Wharton. Initialement fréquentée par la noblesse, la fraternité va s'ouvrir aux prêtres, aux bourgeois et même aux femmes. Juste avant la Révolution, on comptera un peu moins d'un millier de loges sur tout le territoire. Profitons-en pour tordre le cou à une thèse lancée par un certain abbé Barruel, royaliste et chantre de l'antimaçonnisme : les frères n'ont pas provoqué la Révolution, il y avait autant d'*initiés* dans chaque camp. Par la suite, la maçonnerie connaîtra un développement plus ou moins important, en fonction des aléas de la vie politique. Protégée par Napoléon sous le Premier Empire, interdite par le maréchal Pétain sous l'Occupation, elle renaîtra de ses cendres en 1945 avec le général de Gaulle.

De nos jours, on compte entre 130 000 et 150 000 maçons actifs ou en sommeil, répartis dans une dizaine d'obédiences (fédérations de loges), dont la première reste le Grand Orient (celle à laquelle appartient Antoine Marcas), suivie par la Grande Loge nationale française, la Grande Loge de France, etc. (voir plus bas).

SEPT IDÉES PRÉCONÇUES

Le Grand Maître est le patron des francs-maçons. Faux.

Il est une sorte de président d'une fédération de loges ; il n'est en aucun cas le dirigeant des francs-maçons et aucun frère ou sœur ne reçoit d'ordre de lui. Chaque loge est indépendante. Il n'existe pas de Grand Maître des Grands Maîtres en France ou à l'étranger, qui dicterait la conduite des maçons. Il suffit de voir parfois les foires d'empoigne lors des convents annuels ou des élections pour s'en rendre compte.

Le Vénérable est le frère le plus vieux de la loge. Faux.

Il ouvre les travaux de la loge et veille au bon déroulement de ceux-ci mais, contrairement à ce que laisse penser son nom, il n'est pas le plus âgé.

Un maître maçon commande les autres frères. Faux.

Un profane est initié en loge puis passe par trois grades : apprenti, compagnon et maître. Ce grade marque une évolution de son parcours maçonnique, mais en aucun cas une relation de subordination. Il n'est pas non plus détenteur d'un savoir mystérieux et occulte. Il « taille sa pierre », selon l'expression consacrée.

Le franc-maçon se croit supérieur aux autres. Faux.

Le maçon se définit comme un être libre et ce n'est pas parce qu'il s'est fait initier qu'il doit prétendre à une supériorité sur le reste de l'humanité. Comme partout, il y a des gens bien et d'autres moins bien…

Les maçons font des cérémonies magiques ou ésotériques. Faux.

Lors des tenues, les frères ou les sœurs n'invoquent pas des divinités païennes ou des boucs et ne font pas des affaires. La tenue est l'occasion d'une planche (conférence) sur un sujet précis, qui est ensuite questionné par les frères. En revanche, pendant les agapes, repas échangés en commun hors du temple, ils peuvent aborder tous les sujets de discussion.

Les francs-maçons sont tous athées et anticatholiques. Faux.

Chaque frère ou sœur est libre de ses opinions politiques et religieuses. Si le Grand Orient est adogmatique, dans les pays anglo-saxons, la croyance en un Dieu unique est la règle et la Bible est présente dans les cérémonies d'initiation. C'est le cas aussi à la Grande Loge nationale française (GLNF) en France.

Les francs-maçons ne veulent pas de femmes. Vrai et faux.

Dans les pays anglo-saxons, la franc-maçonnerie est exclusivement masculine ; en France, cela dépend des obédiences. Une sœur peut visiter une loge du Grand Orient sans y avoir été initiée, elle peut appartenir à une obédience exclusivement féminine ou mixte.

LES ARCHIVES VOLANTES

L'histoire de ces archives volées par les nazis, récupérées par les Russes et rendues à la France en 2000 est entièrement vraie. En revanche, le contenu de ces documents tel que nous le développons est le fruit de notre imagination… mais le fonds n'a pas été entièrement exploité.

Nous tenons à remercier chaleureusement le conservateur du musée et de la bibliothèque du Grand Orient, Pierre Mollier, pour son aide. En réalité, il est plus jeune et plus mince que dans la B.D.

DES FRÈRES RÉSISTANTS

Adversaires des régimes totalitaires avant la Seconde Guerre mondiale, persécutés par le régime de Vichy et les nazis, de nombreux maçons se sont retrouvés naturellement dans les rangs de la Résistance. Il a existé un réseau maçonnique, Patriam Recuperare, très actif. Citons la mémoire de Pierre Brossolette, initié à la Loge Émile Zola de la Grande Loge de France et aussi frère de l'Aurore sociale du Grand Orient, résistant de premier rang, arrêté par la Gestapo en février 1944 et mort défenestré un mois plus tard. Dans la bande dessinée, on aperçoit une case où le commando nazi passe devant une stèle de commémoration des déportés maçons. Cette stèle existe réellement au Grand Orient mais elle a été déplacée : les auteurs ont tenu à la remettre en bonne place…

QUELQUES MAÇONS CÉLÈBRES

La liste est bien trop longue. On peut citer : Wolfgang Amadeus Mozart, le président George Washington, le président du Chili assassiné Salvador Allende et son bourreau le général Pinochet, Voltaire, Louis Armstrong, Duke Ellington, John Wayne, l'émir Abd el-Kader, Cagliostro, Churchill, le souverain anglais du film *Le Discours d'un roi* (George VI), Conan Doyle, Kipling, Victor Schœlcher (le père de l'abolition de l'esclavage), Oscar Wilde, J. Edgar Hoover (créateur et patron du FBI), mais aussi Pierre-Joseph Proudhon (père de l'anarchisme), l'astronaute Buzz Aldrin (deuxième homme à avoir marché sur la Lune – il avait d'ailleurs emporté dans la capsule spatiale un insigne maçonnique –), etc. Comme on le voit, les personnalités qui ont porté le tablier peuvent ne pas avoir grand-chose en commun.

INTERNET, ENTRE INFORMATION ET DÉSINFORMATION

Il suffit de taper « franc-maçonnerie » sur un moteur de recherche pour voir surgir presque trois millions de références. Difficile d'avoir une information fiable sans y passer de longues heures. Méfiez-vous des sites conspirationnistes qui balancent tout et n'importe quoi, sans aucune source fiable (et pour cause). Pour nous, le plus riche reste à ce jour **hiram.be**, réalisé par le frère belge Jiri Pragman. Actualité, histoire, polémiques, agenda, presse, livres, tout y est et même les recensions sur « l'antimaçonnerie ». Nous conseillons aussi **www.franc-maconnerie.org**, le portail qui ouvre sur d'autres sites et donne une vue générale. Et aussi **www.gadlu.info**, le blog sympathique tenu par un jeune franc-maçon. Sur un tout autre plan, le blog du journaliste François Koch, **http://blogs.lexpress.fr/lumiere-franc-macon/**, suit avec un regard sans concession la franc-maçonnerie et apporte des révélations sur la vie interne des obédiences.

Pour une information plus institutionnelle, chaque obédience possède son site, sur lequel on trouve quantité d'informations spécifiques. Voici les sites Internet des principales obédiences :

- Grand Orient (c'est compliqué)
  http://www.godf.org/
- Grande Loge de France (masculine)
  http://www.gldf.org/
- Grande Loge nationale française (masculine)
  http://www.glnf.asso.fr/
- Droit humain (mixte)
  http://www.droit-humain.org/
- Grande Loge mixte (mixte)
  http://www.glmf.fr/
- Grande Loge féminine de France (féminine)
  http://www.glff.org/internet/index.php

L'ÉNIGMATIQUE SOCIÉTÉ THULÉ

Cette confrérie raciste allemande a réellement existé. Fondée en 1918 par un pseudo-baron, Rudolf von Sebottendorf, elle professe un nationalisme xénophobe et antisémite et arbore comme insigne la croix de Wotan, une sorte de croix gammée, bien des années avant la création du Parti nazi. Ses membres, férus d'occultisme, recrutent en toute discrétion dans les milieux intellectuels et militaires de Munich.

L'ouvrage de référence *Hitler*, de l'historien Ian Kershaw (Flammarion), évoque l'existence de Thulé et son rôle dans la création du Parti ouvrier allemand (Deutsche Arbeiterpartei, DAP), embryon du futur Parti nazi (Nationalsozialistische deutsche Arbeiterpartei, NSDAP). Selon cet auteur, la liste des adhérents de Thulé se « lit comme un *Who's Who* des premiers sympathisants et personnalités nazis de Munich », ville berceau du mouvement d'Hitler. Rudolf Hess, dauphin d'Hitler, et Hermann Göring, patron de l'armée de l'air allemande, en font partie. Le rôle de la Thulé s'estompe néanmoins avec l'ascension du futur Führer de l'Allemagne et selon la plupart des historiens, elle perd rapidement de son influence pour disparaître officiellement. Alfred Rosenberg, haut dignitaire nazi et théoricien du parti, avec son ouvrage *Le Mythe du XXe siècle*, a été membre de la Thulé. C'est lui qui a personnellement commandé une partie du pillage des archives maçonniques en France, persuadé qu'elles révélaient un secret fabuleux.

Le public français a entendu parler de Thulé pour la première fois avec le livre *Le Matin des magiciens*, de Louis Pauwels et Jacques Bergier, en 1960. Les auteurs ont consacré plusieurs chapitres aux racines ésotériques du nazisme, et particulièrement à la société Thulé. Pour être complet, il faut souligner que l'ouvrage a déclenché un tollé dans les milieux rationalistes et universitaires.

Dans *Le Rituel de l'ombre*, nous avons imaginé une résurgence de Thulé comme organisation néonazie à l'échelle d'une multinationale. Une telle organisation n'existe pas mais il nous a semblé intéressant de mettre en lumière la montée actuelle de divers phénomènes sociologiques et politiques, liée à la poussée de l'extrémisme un peu partout dans le monde occidental. Un seul exemple récent : la montée en puissance de l'Aube dorée en Grèce, parti ouvertement néonazi. Dans les années quatre-vingt-dix, il a existé un réseau informatique d'extrême droite néonazie, baptisé Thulé, et sur lequel les militants échangeaient des informations plutôt inquiétantes (pose de bombe, manipulation de l'opinion, plans de centrales nucléaires, etc.).

LES SS FRANÇAIS

Le personnage de Sol, Le Guermand, nous a été inspiré par ces Français qui avaient choisi de s'engager aux côtés des Allemands pendant la Seconde Guerre mondiale. Forme ultime de la collaboration, environ 8 000 Français se sont battus sous l'uniforme de la Waffen-SS (mais ils n'étaient pas versés dans la surveillance des camps d'extermination) sur le front de l'Est, comme beaucoup d'autres volontaires provenant de pays occupés. Ils faisaient partie de la division Charlemagne, qui a opéré entre 1943 et 1945 sur le front de l'Est. Une compagnie de cette division a fait partie des derniers défenseurs du bunker d'Hitler à la chute de Berlin en mai 1945. Une majorité de ces réprouvés ont péri sur les champs de bataille, d'autres ont été jugés et exécutés pour trahison, certains ont purgé des peines de prison ou se sont enfuis à l'étranger. Lire à ce sujet *Le Rêveur casqué* de Christian de La Mazière.

L'AVENTURE ANTOINE MARCAS, NAISSANCE D'UNE AMITIÉ

Avec plus d'un million d'exemplaires vendus en France, en grand format chez Fleuve Noir et en poche chez Pocket, avec des éditions aux quatre coins du monde (Japon, Allemagne, Russie, Espagne, Brésil, Italie, etc.) et dans dix-huit langues, la série des Antoine Marcas trouve un prolongement naturel dans l'univers de la bande dessinée.

Comment est né ce héros ?

DEUX APPRENTIS INDIANA JONES...

À la base, il existe une amitié solide entre Éric Giacometti et Jacques Ravenne, née sur les bancs du lycée, quelque part dans le Sud-Ouest de la France. Passionnés d'ésotérisme, les deux adolescents dévorent les livres à couverture rouge de la collection « L'Aventure mystérieuse » des éditions J'ai lu et rêvent du trésor des Templiers, du secret de l'abbé Saunière de Rennes-le-Château et de la quête du Graal dans les châteaux cathares. À l'âge où d'autres écument les boîtes de nuit et les plages, eux parcourent les terres du Sud-Ouest en Citroën GS, avec pelle et pioche, munis de cartes IGN raturées de tracés zodiacaux, et grimpent sur les parois escarpées des citadelles du vertige pour jouer les apprentis Indiana Jones. Mais à la différence du héros de Spielberg, les deux amis reviennent bredouilles. « Autant le dire tout de suite, nous n'avons rien trouvé, si ce n'est des capsules de bouteilles de soda, même pas un seul fossile », se souvient avec nostalgie Jacques Ravenne. Les deux post-ados passent à l'âge adulte, prennent de la distance avec leurs rêves de jeunesse. Jacques devient enseignant et entre en franc-maçonnerie, au Grand Orient ; Éric, lui, prend sa carte de journaliste et enquête à la fin des années quatre-vingt-dix sur les affaires touchant à la maçonnerie sur la Côte d'Azur.

2004, NAISSANCE DU THRILLER MAÇONNIQUE ASSUMÉ

Un soir de juillet, dans un petit village perdu du Lot, terre d'élection de Jacques, les deux amis évoquent le *Da Vinci Code* au cours d'un bon repas. Ils ont reconnu tout de suite la source d'inspiration de Dan Brown : l'affaire de Rennes-le-Château. Avec une prétention propre aux esprits échauffés par quelques verres de Cahors, ils se montent la tête et se mettent au défi d'écrire, eux aussi, un thriller ésotérique. L'idée d'un héros flic franc-maçon s'impose entre les deux compères, avec pour choix délibéré d'en faire un personnage positif, à contre-courant de l'image négative véhiculée par la presse (corruption, affairisme, manipulations politiques). Jacques, qui conduit des travaux universitaires dans le domaine littéraire, propose le nom d'Antoine Marcas, personnage de Balzac : le héros était né, il ne restait qu'à trouver l'histoire. Très vite, les auteurs choisissent de s'inspirer de l'affaire des archives maçonniques (voir plus haut) et d'y greffer une histoire imaginaire avec, pour représentation du mal, un réseau néonazi.

Il fallait enfin trouver un éditeur. C'est chose faite, un mois plus tard. Éric avait publié un premier roman policier aux éditions Fleuve Noir, *Pannes de cœur*, un thriller inspiré d'un scandale médical. L'ouvrage n'avait pas rencontré le succès mais le poison du noir était instillé. Après un *brainstorming* sauvage, enthousiasmée par le personnage d'Antoine Marcas, Béatrice Duval, directrice éditoriale du Fleuve Noir, signe pour un premier ouvrage, *Le Rituel de l'ombre*.

UN SUCCÈS INATTENDU

Été 2005 : la première enquête d'Antoine s'invite dans les classements des meilleures ventes et Fleuve Noir signe pour la suite. L'année suivante, ce sera donc *Conjuration Casanova*, où il est question d'ésotérisme et d'érotisme dans l'ombre du grand séducteur et d'un sulfureux mage anglais, Aleister Crowley. De Grenade à Venise, Antoine part sur les traces d'un mystérieux Œdipe, adepte du tantra mystique. *Le Rituel de l'ombre* poursuit une seconde carrière avec l'édition en version poche chez Pocket (140 000 ventes). Dès lors, chaque année, Antoine Marcas fera une double rentrée littéraire estivale : en grand format chez Fleuve Noir et en version poche de l'opus précédent chez Pocket. Après les périodes d'écriture, Éric et Jacques partent en repérage dans les pays dans lesquels se déroulent les enquêtes d'Antoine. « Un vrai moment de bonheur. Antoine nous offre la chance de bourlinguer dans le monde. Seul bémol, Jacques n'a pas utilisé Tokyo qu'il adore et moi la Floride. Mais ça viendra. »

En 2007, retour aux fondamentaux de l'ésotérisme et de la maçonnerie avec *Le Frère de sang*. Au Moyen Âge, le grand alchimiste Nicolas Flamel part en quête d'or et d'immortalité, tandis que de nos jours un *serial killer* franc-maçon exécute ses frères. Antoine s'envole pour New York et le lecteur apprendra ce que sont réellement la statue de la Liberté et la tour Eiffel. Année charnière chez Fleuve Noir : Deborah Druba, directrice, et Céline Thoulouze, responsable du domaine français, prennent la relève avec *Le Frère de sang*. Deux lignes de narration parcourront à parts égales le récit, l'une contemporaine avec Marcas, l'autre sur une période historique.

LES ANNÉES DE CONQUÊTE

2008 voit la sortie de *La Croix des assassins* : Antoine affronte une loge sauvage au Brésil tandis qu'en Terre sainte, des Templiers se battent pour un secret perdu. Suivra *Apocalypse*, en 2009, qui dévoile une nouvelle interprétation de l'affaire de Rennes-le-Château. Les lecteurs accrochent de plus en plus. *Lux Tenebrae* sort l'année suivante, ce qui vaut à Marcas d'être déclaré en mort clinique et au pharaon Akhénaton de traverser les frontières de la mort. 2011 marque le retour des chevaliers au blanc manteau, pour *Le Septième Templier*, avec la recherche du trésor perdu dans les méandres d'un Paris initiatique et des incursions dans un passé sombre et menaçant où s'affrontent le roi Philippe le Bel, le pape Clément V et le dernier Grand Maître du Temple. Où l'on apprend que l'escroc Madoff a ruiné le Vatican…

LE TEMPLE NOIR, LA RÉVÉLATION DU VÉRITABLE SECRET DES TEMPLIERS

Pour sa huitième enquête, *Le Temple noir*, notre flic franc-maçon part à Londres pour affronter le patron d'une agence de notation, Grand Maître d'une société secrète, alors que des siècles plus tôt on découvre ce qu'ont réellement trouvé les Templiers à Jérusalem dans les souterrains du temple de Salomon. En bonus, les lecteurs pourront découvrir un guide du Londres maçonnique, ville berceau de la fraternité.

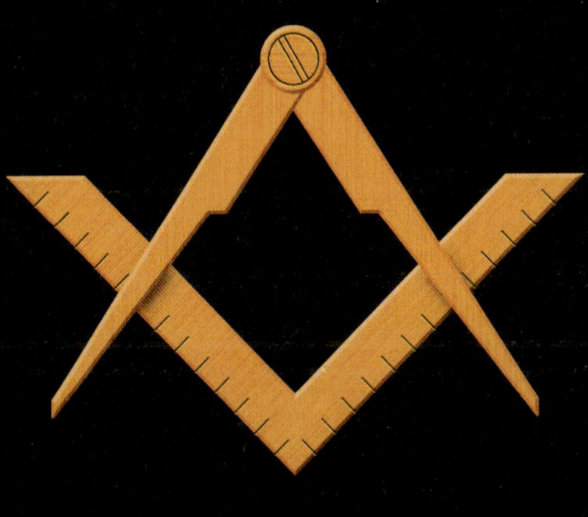

Sept Templiers. Trois portes.
Une seule vérité.
Thriller
GIACOMETTI
RAVENNE
LE SEPTIÈME
TEMPLIER
POCKET
624 pages - 8,40 €
Disponible en e-Book
GIACOMETTI
RAVENNE
LE TEMPLE
NOIR
Fleuve Noir
Thriller
672 pages - 20,50 €
Disponible en e-Book
POCKET
www.pocket.fr
Fleuve Noir
www.fleuvenoir

Du même dessinateur, aux Éditions Clair de Lune :
• *La Loi selon Roy Corman* - scénario de Belli
• *Shimabara* (deux volumes) - scénario de Mantero

Aux Éditions First :
• *L'Histoire de France pour les nuls* (tome 1) - scénario de Queyssi

Aux Éditions Paristhan :
• *Œil de loup* - scénario de Belli

Dépôt légal : septembre 2012. I.S.B.N. : 978-2-7560-2141-6
Première édition

Pages de garde : tablier franc-maçon (collection privée, Jacques Ravenne)
Lettrage : Vianney Jalin
Conception graphique : Trait pour Trait

Achevé d'imprimer en août 2012
sur les presses de l'imprimerie Lesaffre, à Tournai, Belgique

www.editions-delcourt.fr